相愛的日子

畢飛宇

目次

沒有再見

再見，是分手還是相會？是開始還是結局？他到底想對我說什麼？林康覺得漢字太像圓圈，開始與結局那樣地天衣無縫。

許多被稱著愛情的東西在男人與女人之間瘋狂地穿梭，宛如水藻間的塵芥遭攪拌後重新分離與吸附。海水隱隱晃動，世界像魚眼中的海底一樣混沌。林康踩著慢四的節奏覺得自己置身於水中，這種幻覺全因為那盞旋轉吊燈。燈的自轉在舞廳裏升騰起無限水泡，像魚的色彩一樣五彩繽紛。所有的腿一如海中植物，幽暗地搖晃，波動在錯覺的液體裏。玻璃地板隱現出幾何方格，方格下面是冷暖不同的色調離間得十分絢爛的燈。燈光變幻陸離，昭示出電聲節拍。

慢四之前林康一直沒有注意到這個人，應該說這個高大的白色人。林康從來沒有進過這樣華貴的商業舞廳。林康現在被透明的海水所包圍純粹因為昨天的一個耳光。一個不算很重的耳光，但是卻是她共同生活了四年，並生了一個兒子的丈夫的耳光。那時候林康正洗完了丈夫臭烘烘的幾雙襪子，手心手背全是皂沫。

丈夫的兩隻腳擱在條台上，手執「小霸王」電子遊戲機在彩電的屏幕裏頭開方程車，那輛該死的方程車老是衝到路障或兩邊的黃色沙地裏去。林康擦完手開始傷心自己皮膚，林康說，你瞧，過去哪裏是這樣？丈夫頭都沒回，說，還不是老樣子，十根老鹹菜根。林康說，你這個沒良心的，你看看，你看看這都是為了誰？丈夫盯著電視說，別煩人。林康一把捉住了丈夫的手說，又不是孩子，你今天打了一天了！丈夫說你放開。林康說就不。林康說就不時方程車已經衝上了一塊路標，撞成了一攤血紅色的火光。丈夫回過頭說，你放不放，林康說就不放。丈夫挪出手來就一個耳光，耳光過後林康聽見丈夫自言自語說，媽拉個巴子的，你煩死了，林康眼裏的世界一下子變得陌生。再後來林康就捂住了挨打的地方，兩隻看著丈夫的眼睛充盈起晶狀淚水。林康說，我今生今世總算挨打了，長這麼大，爹娘老子沒有動我一根指頭，打！你打！你這個沒良心遭槍子的！你打，打，你不再打，你就不算你爹的種！當然，林康的這些話在丈夫的耳朵裏沒有半點標點間歇，前面還加了一個與後面的言語沒有語法關係的兩個字：「好哇！」這兩個字被林康說得極具有爆發式的悲痛意味。

林康捂住腮幫回娘家去了，林康咬了牙在公交車上把忘恩負義的丈夫痛罵了一萬遍。媽媽的態度更讓她失望。媽聽完她的控訴平靜地說，夫妻哪有不吵鬧的？下次你也打他就是了。男人都這樣，手快，真讓他打了他又下不了手了。媽慢騰騰地擺擺手說，在媽這裏過一夜，明天他來接了就回去。

「明天」他真的來接了，被丈母娘當著眾人的面有半斤沒八兩地刻薄了幾句。丈夫後來就像小學生那樣順了眼皮說，好，我錯了。丈夫又哄著剛會說話的兒子說，喊，喊媽媽，喊媽媽回家去。林康側過了臉去，林康前幾天剛看了一部電影，看出眼前的事和電影上的別無二致，便覺得丈夫是從電影搬來的，又沒了情緒。就氣哄哄地回話說，你們先回去，我待會兒再走。林康不想回去，卻又不想在娘家待，睡不安穩，昨晚上又落了枕，還得聽媽媽的嘮叨直到電視說「再見」。委實比家裏的無聊好不了哪裏去。

公交車駛了一半林康便改主意了。林康下了汽車一個人慢慢往回步行。六角形的彩色地磚讓她追憶起高三時代的初戀，那時他們常漫步在這樣屬於愛情的路面上。那次失敗的戀愛令她迴腸蕩氣，戀愛的失敗總是令人迴腸蕩氣的，以致在車間裏她和別人談起今天女孩子們大膽的戀愛舉動時，總要說，現在的丫頭們真不要臉了，哪像我們那時的傻樣子。這句話裏蘊含了極其微妙的情感矛盾，她恍惚和追憶的眼神往往說明了這一點。

在海晶宮舞廳的門口她停住了。那時候她的腦海裏應該是一片虛空。從初戀的回顧中醒來，理論上應該是這種心理狀態。那個胖胖的男人就是在這個時候問她的，想跳舞嗎？她覺得這句話在她的耳朵裏沒什麼特別的地方，隨便就說了一句：隨便。林康隨便便地跟那個胖男人進了舞廳，接受了他的邀舞，接受了他給她點的果珍以及粒粒橙，林康看得出他一直在擺他的氣質和花錢的派頭，但林康很快從他的身上聞出了類似於豬下水的氣味，這使林康不快並開始迅速地尋找藉口。

慢四響起來了。這是林康最喜愛的舞步。慢四在林康的記憶裏不是交誼舞，而是初戀的步行節奏。或者說步行的初戀節奏。也可以說初戀節奏的步行。這些都一樣。那個外國人就是在這個節奏上向林康邀舞的。他的穿著很隨便，冒一看以為是淺色頭髮的亞洲人。

這是林康第一次這樣靠近地正視藍色目光，薩克管在憂傷地搖動。在憂傷裏林康感到一切美好得有些突如其來。彩燈突然暗淡下去了，每一對舞伴都很熟稔地把腮幫貼在了一起。林康的心中一陣緊張，覺察到了背後的手在輕輕地發力。這股力量那樣的自然與體貼，還沒有等她拿定主意她就掉進了外國人的懷裏了。她的皮膚體驗到了他的唇，林康幾乎再也不能從容地慢四了，兩隻胳膊也成了無人駕馭的雙槳隨小舟在波浪中蕩漾，她真的成了液體的一部分，隨自己不能主宰的節奏成了水面上波動的細浪。

你真美，林康清清楚楚地聽他用漢語說。林康不知道自己暈厥了沒有，那個吻和漫長的舞曲一樣悠長。燈亮起來了，在慢四舞曲最後一個意味深長的節拍隱退去中，燈光緩緩地變亮。先生們開始把女士們送到原始處，林康沒有動，林康的胸中氤氳地撒開風情萬種。這個舞是對林康的一次重新啟蒙，尋常歲月裏被醬菜與洗衣粉堵塞的百結愁腸似乎開始了一種渙然冰釋，林康極深地噓了口氣，聽見那個漂亮的外國人說，謝謝。林康很幸福很不好意思地笑了，而對方送來的也是一個微笑，被林康的眼睛看出了別樣的神韻。

舞會居然結束了。林康看了看錶才相信舞會真的結束了。林康陷入了一種哲學式悲劇，事物的開始與終結與自身的開始與終結好像總是不合拍。林康覺得剛剛看見了一個美妙的開始，時間就粗魯地搡著你的肩頭說走吧走吧結束了。

林康故意停頓了片刻，等著吻她的那個外國男人。她看見了自己尖尖的皮鞋尖與他的羊皮鞋一同款款而出，彷彿走進了一幅浪漫的掛曆。下面是平常日子所要度過的單調的黑色日期，而她則可以和他一起悠然於日子之外，成了追求幸福的人們心中的一片風景。

離開時他對她擺擺手說：「再見。」她慌忙依樣擺了擺手：「再見。」

林康回到她的十二個平米的房子。丈夫沒有盤問她。沒有如往常她回來晚了一臉愛情滿眼醋意地問她，哪裏去了？怎麼這麼久？今天當然不是平時，只要她回來了，對他而言就是勝利，他很大度地搓著手說，回來了？孩子剛才還哭著喊你呢。

林康沒有吱聲，只是想冷笑一回，結果卻在臉上弄出了冷冷的意思，天底下夫妻之間的勾心鬥角，總是拿著只會玩積木的孩子呆頭呆腦地充當和平大使，林康奇怪平時怎麼沒有看出其中的好笑處。丈夫走上來幫她脫上衣，林康沒有拒絕，也沒有迎合，任他擺布。「吃了沒有？」丈夫問。「吃了。」林康說。

林康站在鏡子面前看鏡子裏的自己。她看出了自己臉上依然猶存的動人往事，便有些弄不清楚的傷心。她盯住了臉上不久之前故事發生的地點，腦中很多複雜的東西竟開始東拉西拽。在外面有了故事的人或「有了外遇的人」一進家門便站到鏡子面前端詳，這也是不分性別和一種人類共性。丈夫開始撫弄林康的頭髮，她的黑色長髮隨丈夫叉開的指尖跌落婆娑。丈夫挪出一隻手來關掉了日光燈，吻住了林康的後頸，只剩下床頭那片暗紅的燈光。燈光像醜女人的害羞一樣難看。林康的眼前四步舞的幻象毫無章法地迭現——她回到了生活，生活一下子剩下了回憶。

林康被丈夫推到了床沿。丈夫的鼻息開始變粗。林康從丈夫熟悉的鼻息裏知道他要幹什麼。林康覺得噁心。林康覺得這種時候做這種事情有種說不出的噁心。想拒絕，卻又出奇地累。林康知道這是天底下做丈夫的向妻子道歉的最後一個關鍵步驟，只要完成了這個步驟生活便會重新開始。並將重新美好。她聽見了「你真美」。

「你真美。」丈夫說。林康閉上了眼睛，另一種節奏另一種感受向她迅速地接近。她感覺到自己的晃動，以及腮邊兩片高貴的唇。她的身體在海水中羞赧而自豪地打開，許多繽紛的熱帶魚在她的身邊眾星捧月。

很久以後她睜開了眼睛。睜開了眼睛她陌生地吃了一驚。丈夫的粗胳膊正壓在她的胸脯上，身體歪在一旁慵慵欲睡。林康不知道心裏頭到底湧起了什麼。她側過臉去，兩行淚在臉上疾速地蜿蜒。她的抽泣驚動了丈夫，丈夫眨著迷濛的眼，隔了一會兒丈夫說，別哭了，你千萬別哭了，我再不打你，我向你保證，再打我不是爹娘老子弄出來的。

丈夫的鼾聲勻和而又滿足，有節奏有音程有高低強弱之分，嘭嚓、嚓嚓，嘭、嚓、嚓嚓……臨走時他對我說什麼了？他說了「再見」。是的，他說了再見。林康頓然對「再見」這兩個漢字進行了最嚴密的剖析，他為什麼不說「拜拜」或「沙楊娜拉」而說成再見！他到底想對我說什麼？再見到底是什麼意思？林康覺得漢字太像圓圈，開始與結局那樣地天衣無縫。再見，是分手還是相會？是開始還是結局？中國人也實在是太沒出息，連方塊漢字都弄得這樣沒脾氣。他要是真的邀我呢？……不怕一萬就怕萬一。——不。得去。明天我得去。姑奶奶我就這麼的了。

晚飯過後林康便開始裝潢自己。她的眼、唇、髮型、指甲乃至脖子都進行了加工與再生。她要讓他大吃一驚。丈夫問，打扮這麼漂亮，幹什麼去？能不能讓我們也知道，高興高興？丈夫說「高興高興」時故意朝小兒子逗弄，兒子被他逗得口水直流。

幹什麼去？林康撥弄著耳墜，誇張了氣鼓鼓的神情說，找相好去。再不找，被人家打死了還沒人收屍呢。

對，該找，丈夫說，再不找我這麼漂亮的太太不虧了？丈夫本意是幽上一默的，沒料到說出來自己也覺得不是那個味道。

海晶宮的海魂式霓虹燈夢幻在不遠處。不少姑娘躲在她們的化妝品裏頭玉立在燈光下面。這些精明而又愛玩的丫頭們擺出極其高傲的造型，等待那些自命不凡的男人們為她們掏錢買票子。男人在她們的眼睛裏是舊貨幣場裏的折價時裝，足以滿足她們的時髦與風騷。

專愛在鏡子裏頭尋覓年輕的女性對真正的年輕有近乎天才的敏銳。林康想起了手包裏的鏡子，她想再一次檢正自己。女人的命運似乎全離不開鏡子，她們的信心或沮喪彷彿全部發生在鏡子面前。那些姑娘一個個隨陌生的男人進入舞廳了。林康今晚並不想別人來請她，但她的被冷落多多少少給了她不小的打擊。終於有一個年紀很輕的小夥子走到她的身後，喉音很重地問她：想跳舞嗎？林康禮貌地謝絕了他，他還是一個初涉世事的小愣頭，要不是林康有事，說不準答應他了。林康走到了票窗口，裏頭有人問她：

幾張？

一張，林康說。

二十五。

多少？林康的聲音很不踏實地問。

二十五。

林康的手心頓然就涼了。林康的腦子裏馬上就滾過了六斤二兩牛肉，十二袋半洗衣粉和二十四瓶機輪醬油。林康立即想起了「見面殺一半」的古訓，但林康立即從售票員眼裏看出了容不得討價還價的冷漠。更要命的是林康在那雙眼睛裏看出了別樣的內容。她感覺到了那種目光像夏夜冰涼的吊吊蟲在丈量她的身體。林康立即打開了仿鱷魚皮錢包，抽出了三張表情晴朗的工農兵。

林康握緊海藍色舞票大腦經歷一場短暫空白，宛如國畫裏的留空呈現出無限雲海蒼茫，林康機械地走入了舞池。她迅速地掃了四周一眼，她所渴望的高大身影沒有出現。林康找了一張空沙發陷進去，說不清的懊喪全像對面桌上的聽裝飲料，升起了蓬勃的泡沫。

華爾茲的舞曲翩然響起，《桑塔・露琪亞》，是林康所熟悉的旋律，在燈光中機械閃爍，林康的耳朵今天都聽出了極空曠的感傷，初戀時林康的他常用吉他彈奏這支曲子，那時的月光下林康聽他這樣唱：

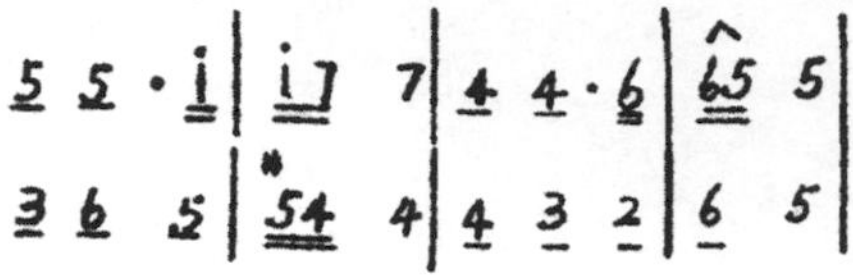

看晚星多明亮　閃耀著金光
海面上微風吹　碧波在蕩漾
在這黑夜之前　請來我小船上
桑塔・露琪亞　桑塔・露琪亞

林康覺得那時候她的內心充滿愛情，那時候生活遠遠沒有開始，後來優美的三拍節奏漸次遠遁，留下空洞的影幻。她成了丈夫的妻子，同時成了兒子的媽媽，僅有的一點樂趣便成了每月十號端詳人民幣上好看的微笑，一如她現在，坐在幽暗的燈光和委婉的樂曲裏頭，看別人快樂與微笑。

音樂如訴，林康在心裏禁不住和唱：

看小船多美麗　漂浮在海上
隨微波起伏　隨清風蕩漾
在這黎明之前　快離開這岸邊
桑塔・露琪亞　桑塔・露琪亞

舞廳的門口依然沒有出現她期待的東西。林康從玻璃裏發現了臉上不確定的失神。人們在舞曲裏或瘋狂或憂傷，與林康遠隔無數季節。林康發現舞廳畢竟是個好地方，在這裏人們能自在地懷舊。懷舊對每一個人是多麼的重要，懷舊與舞曲具有等同的價值，只有一種鬆軟的節奏，摒棄了所有累人的視覺意義。

有人嗎？一位三十開外的男子站在林康對面的椅子旁。不知道，林康說。

怎麼不見你跳舞？他說。

我不想跳。

那麼等人？

不，林康說，我不等人，我沒有什麼東西好等待的。

這麼說我們可以走走？他說，比方說小吃還有別的。

不。林康說，我不想走。

你怎麼就會說「不」？他問。

「不」字好說，林康說，說起來省勁。

那麼你喝點什麼？菠蘿汁還是椰子汁？

不，林康說，不要。

你真不該到這地方來，他說，魚不吃鈎就不該游到這地方來。

看來我要向你道歉？林康冷冷地說。

隨你說點什麼吧，他大度地說。

那麼我該說見你的鬼，你們全是自私的傢伙。

算了。他笑笑說，一定是你的魚也沒有上鈎。我們來自五湖四海，為了一個共同的目標，走到一起來了。目的是什麼？浪漫主義的說法是愛情，也就是外遇——這是現實主義說法。

林康站起身，說再見了。

出了門林康想起來自己說的居然是再見，再見他媽的大頭鬼！門口顯得空蕩，霓虹燈在孤寂地閃爍。他沒有來，那個對她說再見的高大的白種人沒有來。她花了二十五塊錢竟沒有坐到散場，正如她第一回燙髮後發現頭髮又吹直了一樣覺得自己吃了大虧。一出來迎面吹過來一陣冷風，她打了個激靈，胸中被掏空了一塊。林康想哭一回，又沒能哭出來，心中布滿了說不出的難受。

進了門孩子已經睡了，丈夫還在開那輛永遠炸不爛的方程車。丈夫說，跳得快活吧？林康很累地說，沒跳。丈夫說，沒跳？看你那樣子沒跳？林康坐到床沿說我說了沒跳，——和誰跳？天底下的男人還不都是一個德行。你以為還真有誰比你強到哪裏去？

丈夫聽了林康的話回味了好半天，臉上居然幸福了。他放下遊戲機抱緊了他的妻子，吻緊了林康。林康慌忙閉緊了眼睛。再長的吻，好歹也總能熬過去，林康心裏這麼說。

一九九三年第九期《上海文學》

五月九日和十日

這糟糕的心裏感受我弄不清是什麼，但我知道它們的來處，是從生命中最基礎的部分升騰起來的，在呼吸與呼吸間折磨尋常日子。狗屁不值，厲害無比。

其實九日和十日並沒有發生什麼。優秀的日子們到了五月八日依舊桃紅柳綠，眉清目秀。事情發生在八日的夜間十一點。這是人類無比重要的時刻。十一點之前妻在床頭燈下撤換床單，我注意到妻跪在床單上凝神而又心不在焉的矛盾姿態。燈光有些暗，妻的細長指尖用心地撫平一些布紋褶皺，我甚至聞見了新洗床單上陽光和水的氣味。妻在這樣的時刻一般不肯和我對視，即使和我說話側過了臉來，目光也只盯著自己指尖的。這時候光感音樂報時鐘就響了。夜間十一點。夜間十一點音樂報時鐘的樂曲取之於瓦格納歌劇《羅恩格林》，也就是愛爾莎和羅恩格林步入新房時的主題：|5i̇•i̇|i̇•0|52̇•7|i̇•0|5i̇•4̇|4̇3̇•2̇|i̇7•i̇|2̇•0|……聽出來沒有？莊嚴肅穆又柔曼抒情，天鵝回頸般委婉聖潔，照耀出羽絨白中透青的光。實際上我是不贊成鐘錶廠這樣做的，好像我們的每一小時都

有什麼深文大義在那兒，要用得上大師去幫我們總結。不過這只鍍鎳鐘的顏色和造型我都喜歡，有很濃的女性氣質。時間說到底不正是女性的？妻看著指尖說，不早了吧，十一點了吧。我就跨過一些空間（空間才是男性的）吻妻的唇。

門在這個時候被敲響。妻很吃了一驚，抬著頭看我。那只白天鵝就飛走了。我開了門，隔著防盜門紗我也能看出他的亂髮和大鬍子。林康住在這兒嗎？門外問。住這兒，我說。大鬍子說，讓我進來。他？五大三粗讓我遲疑。讓我進來，他就不耐煩了。

我預感到了什麼。他已經坐在沙發上迫不及待地點菸。深深吸完第一口，過了很久他才吐出來。他的兩隻腳尖滿足地蹺在那兒。那雙看不出牌子的真皮運動鞋快八十歲了。他坐在那裏卸背囊。他把背囊放在腳邊時抬起頭，妻正好從臥室裏出來。妻扶著門框和他對視了。妻的眼眶裏有一種寧靜在孤寂地翻湧。寓動於靜是妻的特異稟賦，也可以說是她的美學功能。妻就用那樣的眼風交替著吹拂她的前夫與現任丈夫。這個三角形的沉默有一種頑固的穩定性。最後還是妻舉重若輕，妻說，我給你打水去。

他呼哧呼哧洗臉時妻從我的身邊走過。妻沒有看我，也沒有給我別的什麼暗示。妻就坐在了椅子上。妻的一條腿蹺著另一條腿，一隻巴掌托著另一隻巴掌。這時候他從衛生間走出來，他一邊走一邊高聲說話。他說，我又是窮光蛋了，我賠光了，最後的五千塊讓我撒在嘉峪關、西鹽池、伊犁、拉薩、日喀則。他的聲音在夜間十一點的牆壁上活蹦亂跳，拉出了五千元人民幣和遼闊西部的空間構架。

他脫了鞋雙腿盤在了沙發上，整個客廳被他的腳臭統治了。那種專制、寂寞甚至帶著憂鬱感的臭氣有一種與生俱來的王者氣質，所有的氣味都服從它了。它是有來頭的。

我介紹一下，妻說。不用了，我說。我們已經認識了，他說。妻就站起了身，那我先睡了，她說，你們也不要太晚了。妻指指隔壁的小房間說，你就住這兒。

我們是在目送妻子即林康走進臥室後真正對視的。妻子即林康抒情的背影感染了我們。我們的對視總體上風平浪靜，沒有節外生枝。不過男人總是敵人，這個基礎性命題不會更改。

你們怎麼還不生孩子？他看過四周這樣說，她一直想要個女兒的。我沒有開口。他的這句問話讓我不快。我開始聯想妻和他當初「生個女兒」的諸種細節和可能。這個想法卑下而又無聊，但我無法排遣男人內心原始性猥瑣，我便盡量風度地笑著說：「快了。」他就點點頭。妻子回到臥室後夜間的闃靜開始捉弄我們了，我們沒有了妻即林康在場時心不在焉的投入和無聲無息的炯炯有神了。我們就這樣沉默，時間披了黑色衣裳風一樣寂然疾駛。這一點電子鐘比機械鐘來得殘酷，機械秒針的脈衝運動每一秒跨一格，每一秒又都停一步，時間的這種相對靜止感在電子鐘裏沒有了，電子鐘裏的秒針就披了黑色衣裳風一樣寂然疾駛。我們進入了哲學沉默，電子鐘的報時音樂終於又響了，夜間十二點了。音樂是一首俄羅斯民歌，有一種曠達的無奈和動人的憂鬱。這彷彿就是夜間十二點或零點時辰的精神內涵。時間在這個時刻顯得可感。有一道巨大罅隙，筆直地通往宇宙的夜。

「我們現在在明天了。」他說。他的這句話狗屁不通。他說完這句話就站起來推開小房間的門，大笑而去。我觀察了他背影消失時的狀態，是大笑而去。我讀過許多書，知道他這樣做偉大的歷史意義和深刻的現實意義。我們的聖賢先哲隱士高人在史書上消失的方式都是大笑著隱遁的。我同時注意到修史者對大笑而去所投入的肅穆與敬仰。他們是這樣描述歷史的轉折關頭的：×××乃大笑而去。

我突然就茫然起來，一個人傻站在過廳裏，弄不懂「昨天是今天」以及「現在在明天」的玄妙關係。我的身軀在時間零時這個無情的縫隙裏自由落體，耳朵裏呼嘯的盡是宇宙風。我恍然若夢走進書房，從書架上取出《史記》。史書上的「大笑而去」也只有極有限的幾處。我清醒了許多。我認定妻子的前夫一定想在我們家創造某樣歷史。這個想法讓我恐懼。我讀過很多書。我了解歷史。歷史的理想狀態是自然而然的遺留狀態。一旦有人企圖創造歷史便會出現災難。我合上書，決定把這個殘酷的事實告訴妻子。

走進臥室我便讓妻子抱緊了。她一直就站在漆黑的門後。她的手如同蜿蜒的藤蔓無方向地攀援。後來她就顫抖。她的顫抖傳染了我，讓我體驗到一種無力回天。我輕聲說，怎麼了，你怎麼了？妻沒有回我的話。她就那樣在五月九日開始的時分不由自主地顫抖。

我們坐到了床沿。我聞見了床單上陽光和水的芬芳氣息。這種氣息使我想起妻尖細柔長的指尖摳刮褶痕的細膩模樣。我就解妻的衣釦。妻卻抓住了我的手背，用力握了一回。妻說，今天不。我有些不可阻擋，我居然說出了這樣一句精妙絕倫的話，我說：今天是明天了。

我和妻的做愛沒有一絲驚心動魄。這是一個失敗的例子，令人沮喪。有一點讓我越發懊惱，操作過程的某一個瞬間我甚至覺得我不是我了。我弄不明白怎麼會這樣的。這很折磨人。我居然覺得是另一個人在替我完成另一件事。我有些不放心，想問妻，是不是我？又終於沒有問。雖然我有點糊塗了，但不論我是誰，這樣的問題終究不夠體面。我用一聲長嘆終結了這次荒謬的舉措。

九日是一個豔麗的日子。完全是理想中被典型了的五月九日。只是我和妻的臉色很不妙，與乾燥柔嫩甚至有點性感的陽光不協調。他還在睡，臉埋在被窩裏，只有兩隻鞋口休休閑閑地彌散霧狀腳臭。我掩上門，輕聲對妻說，我們上班去，給他留個條。

妻的工作單位離我並不遠。上班不久我就給妻去了電話。我努力把聲音弄得飽滿。一進辦公室就有同事提醒我了，說我的聲音怎麼「像乾牛屎」了。我拿起話筒說，林康嗎？妻聽出了我的聲音，好半天她才懶懶地說，幹嗎？我說你怎麼了，聲音怎麼像乾牛屎？那頭就沒有了聲音，耳朵裏盡是電流向遠方駛過。又過了好半天她才說，幹嗎？

「幹嗎」就把我問住了。親人或朋友有說不完的話，但一具體到「幹嗎」，有時又實在想不起要幹什麼。我說是這樣，中午我們一起吃飯。那頭再也沒有聲音。後來我「喂」了一聲，那頭也跟著「嗯」了一回。我說就這樣，把電話掛了。

我一直想和妻子再到美術館對面的清真麵館吃一次拉麵。我和妻第一次上街吃飯就是那家麵館。關鍵是我們都喜歡招牌上很像麵條的文字。那時候妻剛離婚，臉上是漫無目的的疲憊模樣。我在一個同學的家裏認識了她。她的嘴上抹了一層紫色唇膏，是一種冷漠拒絕的架勢。她坐在黑色沙發裏頭，兩隻手放在腿上。一隻巴掌被另一隻巴掌托住。表情易碎卻又不可侵犯。那時我剛和我的女友分手。我們同居了三年。比她離去的婚姻還要漫長。我對她點過頭，她的笑來得慢去得卻飛快。她短暫的斂笑過程流溢出鬆散倦怠，好像有一層淒風苦雨籠罩著她，給了她過於濃郁的婉約風格。

這樣的風格感染了我的當初。被感染之後我變得心靜如水。我很快遺忘了同居三年的那位女友。男人幸福的標誌便是心靜如水。我在心中向她的紫色口紅發誓，我要和她結婚。

中午十一點半妻給我來了電話。電話是在我們辦公樓的樓下打來的，就一句話，她在等我。我下樓時妻正站在樓群間僅有的一塊陽光裏頭。她的白色上衣被陽光照出一種青光，像冰塊裏的那種。妻有過一張成功的攝影肖像，也是在陽光裏頭，全不是現在這樣的。那張相片被妻放在了影集的尾頁，整個畫面就一張特寫面部，被左手托住。背影上有幾點模糊綠色，是一些植物的大概。馬尾松一根不落梳向了腦後，一張臉就迎著高光燦爛地笑。嘴巴卻是緊抿著的。兩隻眼瞇得厲害，只留了一條縫隙。幸福死了。我問過妻，什麼時候拍的？妻怎麼也想不起來，說反正是「姑娘」時候，說肯定是哪個朋友偷拍的，說什麼時候這麼幸福過漂亮過了，騙騙自己罷了。說照片本來就是騙自己的。青春哪裏留得住，生活哪裏能固定得下來。

我走上去說你來了。妻望著我，沒有表情。嘴和眼全在嘴和眼的位置上。我說我們吃飯去，我們到清真館吃牛肉拉麵。妻說算了，走那麼遠幹嗎？就這兒隨便吧。我們就走進一家小酒店，起的是洋文名字，裝潢得四處是反光。店主用瑪麗蓮．夢露嘛著紅唇迎接天下的客人。瑪麗蓮的胸脯精妙絕倫，那顆天才的黑痣點睛了她的性感。還有假睫毛與那根食指。無與倫比。

上完菜妻就說，是不是怕我溜回去？

安靜的時刻生活一不小心就進入本質。

溜到哪兒？你能溜到哪兒？

妻無語了好大一會兒，終於說，是啊，能溜到哪兒？

你開心一點好不好？別弄得像撒切爾夫人。

昨晚你不該對我那樣。

我們不說昨天的事。

可你一直盤算著昨天的事。

我沒有。

你何必這樣。

哪樣？

你何必這樣呢。

服務小姐送上來油氽蝦仁。利用這個機會我看了一眼大街。茶色玻璃把這個世界弄得憂鬱乏力，每個人的臉上都有了懷舊企圖。服務小姐的表情和瑪麗蓮沒有關係。她和空調一樣從事自己的工作。

五月九日的晚上是一個糟糕的晚上。他還睡在床上。他睡覺的姿勢甚至還是我上午見到的那種。更要緊的是，那雙鞋一點沒動過，也就是說，他已經這樣睡了整整一天。沒有吃，也沒有拉。這讓我不能不緊張。幸好妻回來得早，妻很疲憊地坐進沙發，兩眼看著我上午留下的條子。妻肯定是看見了我臉上某種不安定的成分。妻說，不要緊，他就這樣。妻這話輕描淡寫。但我聽上去有點不舒服。我弄不懂哪兒出了毛病。我和妻子開始了一種躡手躡腳，起初還記得目的，怕弄出聲音吵了他。後來竟忘了，成了一種習慣，開冰箱，接自來水，取碗抓筷都像做賊。到後來電子鐘的音樂報時都顯得過分了。我們就這樣像做老鼠一樣吃完晚飯做完家務。每次弄出聲響我們還要對視一回，彷彿又欠了別人一筆債。按照生活次序下面當然是看電視，電視放在臥室裏，我們倆關了燈就盤坐在床上，小學一年級的學生那樣聽電視機上課。我一直在專心地走神。我對著電視視而不見的時間裏不知想了些什麼。我當然更不知道妻在想些什麼，但妻一定在緬懷或追憶或憧憬一種什麼，這個可以肯定。要不電視結束了我們倆面對整個畫面的黑白雪花不會還在「看」電視。我關了電視，說，睡吧。妻深吸一口氣，但妻的嘆息卻收住了，放得很輕。妻故意不讓我聽見她的嘆息。妻完全沒有必要這樣做的。我們臨睡之前在被窩與被窩之間相互摸了摸手。撫摩之前覺得大有必要。摸完了卻又想不出什麼意思來。腦子裏就空了，裝滿了夜的顏色。

下面又是第二天。第二天起床後清晨與以往無異。可以看出今天是另一個昨天。不過我知道今天是十日了。九日之後只能是十日，這裏頭只有阿拉伯序數秩序，不存在想像與願望。我很想把這件事表達得順心一些，也藝術一些。但九日之後的那個日子我們只能稱之為十日。我站在窗前，麻雀一樣四處張望，等著妻和我一同上班。妻的一句自語讓我吃了一驚，讓我快發瘋了。妻梳頭時嘴裏銜著髮卡含含糊糊地說，怎麼這麼不巧，怎麼今天偏是星期天。我聽到這話覺著生活一下子嚴峻起來，生活的嚴峻十有八九與我們對時間的配備有關。我走到小房間從門縫裏看了一眼，他總算換了另一種睡姿。我沒有做過多的打量。我擔心他的眼睛會爆炸性地睜開來。妻突然說，我們到郊外玩玩吧，好久都不去了。妻的話當然正中我下懷。問題是把他撂在家裏總是不好，顯得過分。不要緊的，妻說。妻或許看出了我的心理痕跡，妻說，讓他睡，他就這樣。

妻這樣說我很不開心。她的語調裏有明顯的立場問題。我笑著對妻說，好吧。

妻就是在這個星期日的午後和我討論「孩子」的事的。整個上午我們都表現出輕鬆、自然、大度。這是一種極累人的努力。凡人俗胎一貫熱中於這一做法。這麼做的同時往往伴隨了高尚的可憐感覺。我就是這樣的。過了午飯我就撐不住，累透了。血液流動都要毅力。我默誦大段大段的道家話語來調理自己，效果都不顯著。知識是沒有用的，在它們變成血液之前。

妻和我躺在一塊草地上。妻說，我們該要個孩子了吧？妻剛才吃飯時臉上不均勻，我以為她在心疼兩頓午飯的八十六元人民幣。我正在看五月的天空五月的雲，沒有得出什麼。聽妻這麼說我便把思想收回了人間。怎麼想起這個了，我說。我也沒想，就這麼隨口說說。生個男孩還是生個丫頭，我問。當然是男孩。

他告訴我你原來想要女兒的。妻就閉了口，妻後來說，怎麼能再生女兒，女兒家這麼苦。我說，不至於吧。妻把目光全送到天上去，妻說，這還不是明擺著的。她的聲音已經接近哲學的邊緣。

我們就這樣躺著，看往來穿梭的遊人。在「大自然」裏人和樹木一樣多。人們興高采烈。人們的一隻眼睛躲在相機的鏡頭後面，分割大自然裏人與人之間的關係。每個人都在鏡頭裏扮演自己的理想形象，同時又做別人畫面的背景。人們為此興高采烈。

我以為我們的郊遊會平靜地結束，像年輕人或初戀的情侶一樣，帶著一身的土味和芳草氣息回家供多年以後的大雪之夜倚在火爐旁緬懷。這差不多已是我們這類俗物很雅致的境界了。我一直沒能料到妻的一場爆發醞釀已久。從邏輯上說，我應當推導出來的。大前提小前提和結論都在這兒了，問題是我缺乏一種現實主義的眼光，把它們連繫起來。我的注意力太放任自己了，一直在預防自身。我已經感受到一種險惡的東西在胸中迂迴，盤旋了好一陣子了，稍不留神就會衝出來，不可收拾。我努力調整好自己。男人在某些關頭一著不慎，多年的心智積蓄便會一瀉千里。經典性著作上全這麼說的。

我拉過妻的手，說，我們走走去。這是十日下午三點十分的事。離妻的整體爆發還差不到半個小時。我和妻一同來到一株高大木棉樹的下面，不少人正在更換假的將軍服，爾後佩上不鏽鋼戰刀騎上那匹瘸馬。三四個遠道而來的傣族婦女站在另一株木棉樹下面。她們的穿戴零零掛掛，有很濃的蠻荒風情。她們在賣婦女飾物。捧在手裏，向所有過路的伸出手來。我說，給你買條項鍊。妻說，都是假的，有什麼意思。我說，當然是假的，有傣族的邊陲風格，買條玩玩，很不錯的。我們用手指頭比畫著還了半天價，就花十五元從一個頭上裹了很多紡織物的傣族少女手中購了一條。我們研究了好半天，看不出什麼質地。我注意到我們終於有點開心了，有了峰迴路轉的可能。

災難發生在一座水泥橋邊。我們一路欣賞這條項鍊走得已經很遠了。我們的步伐充滿愛情與體諒。兩個傣家婦女站在橋的下邊。她們卸下了頭飾，抱怨說，累贅死了。她們的抱怨用的是我們這個城市最通用的方言。我對妻說，瞧，原來是個冒牌貨。妻就站在那裏，臉上變了，沒有過渡地秋風蕭瑟起來。我叫你不要買的，妻說。都已經買了，我說。我說過叫你不要買的！我不是說了都已經買了嗎。什麼傣族婦女？妻突然加大嗓門吼道，還蠻荒邊陲風情，狗屁！我說，你怎麼發這麼大脾氣？妻把那條項鍊用力扔到了河裏，只濺起了極有限的幾朵浪花。妻的雙手扶著水泥欄杆，望著水面眼淚就出來了。妻傷心無比地說：「全在騙我。」妻這樣說文不對題。兩個女人在橋下嚇得鼠竄，一邊跑還一邊回頭，好像我會跑下去追打她們。和她們有什麼關係。

好了吧。我的臉也沉了下來。我聽得出自己口氣的輕重。妻就不出聲了。但她的眼淚卻不可遏止地流淌。妻的雙唇不住地抿動，似乎在做一種努力，不讓自己發出聲音。我走上去抱住她，妻埋了頭所有的傷心一下就出來了。為什麼？妻說，到底為什麼？我就這樣擁著妻，一時想不起「什麼」為什麼。只有一種很抽象的壞情緒。妻抬著頭滿臉是淚，說，他並沒有做錯什麼。我想了好半天，說，他當然沒做錯什麼。我們也沒做錯什麼，妻又說。當然，我說，我們也沒做錯什麼，那是為什麼？怎麼會這樣？我便說不出話來。心裏頭另一樣壞情緒擠兌了原先的壞情緒。這兩種糟糕的心理感受我弄不清是什麼，但我知道它們的來處，是從生命中最基礎的部分升騰起來的，煙靄一樣，飄滿了五月。在呼吸與呼吸間折磨尋常日子。狗屁不值，厲害無比。

我說，回家吧。

妻只是搖頭，說，你回去。

我說這怎麼行呢，他肯定起床了。

妻就用兩隻手撐住我的胸，無可奈何地說，好吧。

我們在天黑之後返回家宅。站在門前我很小心地掏鑰匙。老鼠一樣進了門。只有開燈。日光燈管跳了三四下，亮了。我走到小房間的門前，裏頭黑咕隆咚。只有那種腳的臭氣依稀繚繞。我小聲說，你煮點稀飯吧，馬上把他叫醒，他也該吃點東西了。我就半躺在沙發上，空穴來風想起地圖的輪廓。我開始想像一隻小黑點在晃動的炎熱中沿嘉峪關、西鹽池向伊犁、拉薩蠕動。那裏被空間強行占領後，時間躲回到上帝的口袋裏去了。也就是說，他當初的舉動完全是空間的，與時間沒有關係。

電子鐘報完八點，妻說，喊他起來吧。我就敲他的門。好半天沒動靜。妻說，這樣叫不醒他的，他就這樣。我就進去，開了燈，被子和床單亂得不成樣。空在那兒。地上有只菸頭，用腳踩扁了。我關了燈，站在門框的下面，妻在廚房裏和我對視。過了一刻妻的頭就掉過去了。空間在我和妻的這段距離裏茫然無垠。整個晚上我們保持了躡手躡腳的習慣，生怕弄出響聲來。晚飯我拚命地吃，喝了五碗。電飯煲裏的稀飯總是吃不完，空蕩蕩地等待另一張嘴。妻說，別吃了，留著明天當早飯。

一九九四年第三期《鍾山》

雪白的芭蕾

晶亮的東西在林康眼裏無聲閃爍，爾後慢慢變厚，掉了下來。林康委屈得像個孩子，大聲說，他們不享受芭蕾，我享受我自己。

選擇歷史名勝和林康見面是一個錯誤。名勝的基礎是石頭，石頭經歷了最緩慢的衰老風蝕，幾千年來依然風華正茂。林康卻老了，幾年的時間她就面目全非。她的腳尖再也不能支撐身體輕盈飄拂。林康站在石碑的前面，她的三十歲顯得歷史悠久。這個地址是林康提供的。她偏愛這裏或許是倚仗歷史來遮人耳目。林康從奧迪車裏出來時一身珠光寶氣。隨後出來的是她的兒子。兩三歲，活蹦亂跳。林康臂挎風衣拾級而上。陽光很好。四處有紅有綠。石台階的直線條透出一股靜穆的偉大與寧靜。真不錯。林康的身影卻顯得過於臃腫鬆散。我很遠就聽見她的喘息了，靠近歷史是難以心平氣靜的。

第一次見你是在落日時分，只有這樣的時刻陽光才會有那種呈現角度。那時我們都年輕，至少你很年輕。練功房空著，你的身後是巨大的壁鏡和上了鎖的鋼琴。在窗前你單腿而立，另一條腿舉過了頭頂，繃得筆直，只留下大腿與小腿肚的兩條反向弧線。腳踝讓左手握緊了，你的右臂水平在半空，指頭像蘭草那樣垂掛在那兒。食指卻伸了出去，與手臂平直。這時的陽光正射著你，你的靜態身姿有了一層光暈籠罩，是一圈不確切的輪廓，青白色的毛茸茸。整個身體是半透明的。食指的指尖放出柔和潤澤的肉質光芒，聖潔而又世俗。

我們的對話當然從天氣開始。大家都這麼做的。我們感到陌生。陌生感起源於一種懷舊努力。最熟悉的部分最易於隨風而去。我拍拍孩子的臉，讓他喊自己「叔叔」。孩子盯著我，又頑皮又警惕。林康的孩子從第一眼起對我就存有敵意。你的孩子很可愛，我說。像我嗎？林康問。像。結婚了沒有？林康問。

沒有。

這樣的一問一答構成了日常，同時構成了緘默格局。林康的臉上有了很鬆的皺紋，是多次減肥的悲慘痕跡。發胖與減肥是大多數女人的生活內涵，交織了現狀享樂與未來憂鬱。前者產生了快樂，而後者導致了詩意與美感。女人對腹部與臀部的焦慮等值於政治家對國家與人民的憂心忡忡。這是一回事。這樣的努力讓歷史激動不已。我們的古人時常說，先修身，後養性；先齊家，再治國。修身的意義弄大了，直指安邦定國。修身是什麼？我看就是減肥。別的解釋全是胡說。

你離開我的那天是九月二十四日，也就是說，離我們的結婚還有一個星期。原說十月一日你做新娘的。每次和我做完了你總要說，還做什麼新娘，全讓你弄舊了。我就安慰你，舊歸舊，新娘還是要做一回新娘。那幾天你快活得像隻鳥。二十四日上午你來了電話，說不了。我說什麼不了？你沉默了好大一會兒，說，做新娘。我的腦子裏頓然空洞如風，就剩下吹來吹去的痕跡。你在掛電話前重複說，不了。

下午你來拿皮箱，穿了一身白裙子。你手提皮箱寂然而行。離開的過程你的腳底沒有聲音。你的步態像羽毛，背對我傷逝。體重是你的一個謎。我抱過你。至少有八十斤。這樣的重量怎麼也不會走不出聲音來的。就是沒有。看你演出我時常琢磨這個問題，你身後的那個男人輕輕一提就能舉著你從台子的中央走到那頭。你的體重到底哪裏去了？你演過那受傷的天鵝，白亮的芭蕾裙在雪地上掙扎，冷藍色喇叭形光柱子跟著你。小天鵝有好幾處大幅跳躍，落下來，你卻輕若纖塵。一隻腳尖就撐起你，後腿擺得老高，兩隻胳膊無力地波動，做傷心飛行。後來死亡從大提琴的G弦上走下來，長號又把它放大了。藍光束藍得冰涼，你像在冰裏，無聲無息地倒下去。死了。音樂戛然而止。寂靜中你的死亡淒豔絕倫。一隻胳膊從耳側伸出來。燈光沒有了，大幕沉重地拉上，你的死亡就在人們的忘記裏永遠地乾淨雪白，楚楚動人。劇終。沒有人敢鼓掌。我不停地問自己，你的體重都沒有，你用什麼去死？

你就那樣沒有體重地、雪白乾淨地離我而去。

初次和你做愛我相當緊張。我認定你的身體就是那隻受傷的天鵝，只屬於乾淨的六角形雪花和乾淨的秋水狀月光。我覺得你是不該做那種事的。十九歲，你可以和男人上床了。可我不行。你用腳趾關掉牆上的白色開關，昏暗中我看見你的黑眼珠晶瑩而光芒。你的眼和你的指尖要了我的命。我打開燈。你說不要，又用腳關了。我喘著氣稀里糊塗敗下陣來。

你不是處女，這是失敗中的唯一發現。這個偉大發現讓我鎮定。受傷的天鵝無所不能。第二回合我表現得英勇壯烈。你喜極而泣，幸福得哭了起來。我無限茫然看你哭。你說，我的身體，我的身體，飛走了，飛走了。這很好。你十九歲了，可以決定什麼時候有體重，什麼時候沒有體重了。這很好。洗澡時我對你說，你的體重是你的體重，你的身體是你的身體。而你是你。你疲憊地笑起來，反問我，我的身體還能不是我？我說，不是。我的這句話為後來的歲月留下了伏筆。我對你說，嫁給我吧。你不開口，臉上是追憶的樣子，你說，我嫁給你還是我的身體嫁給你？這是一個嚴肅的大話題。我很想認真地探討下去，後來不知怎麼弄的，又上床了，又一次死去活來。大話題就此失之交臂。

天上飛過幾隻鳥，無序，從容，是芭蕾的樣子。林康點上菸，抽菸的作派考究而又熟稔，就從她夾菸的樣子，也能猜出菸的品牌。她的兒在石縫裏尋找什麼，歷史學家那樣期待一種發現。你不常帶孩子出來玩吧？我說，小傢伙玩得多新鮮。帶他？林康「哼嘰」一聲說帶他？你以為帶他出來一趟容易？他有保鏢。我笑起來，他這麼小，要保鏢做什麼？林康白我一眼，呆子，她說，誰要綁了他，誰馬上就能成富翁。你呢，我說，你的保鏢哪裏去了？林康這時笑得很特別，無聲無息，風情萬種，要真的有誰綁了我，她說他正好再娶個小。要不我去綁你的票，我說，這樣兩全其美。林康說，算了，你綁了我也養不起。我們對視一回，會心而笑。

好了，我說，約我來到底做什麼？

讓你見一個人。

誰？

你兒子。

誰？

你兒子。

你說誰？

我說你兒子。

林康說這話的瞬間目光變得凶狠，有了母獸的性質。我抱起她的孩子。仔細端詳孩子的眼。是我的兒。我把孩子放在大青石上，孩子說，抱我下去！我把他放下，他又到一邊考古去了。我呆在那裏，不知所措，心裏頭空了，天高雲淡。孩子姓什麼，我問。林康的眼睛從遠處收回，平靜地說，跟他爸姓。他爸爸是我，我強調說，我是他爸爸。你只是他父親。父親不是爸爸是什麼？我大聲反詰，還能是什麼？林康的解答寧靜如水，林康說，是叔叔。真是四兩撥千斤。

兒在遠處蹦躂，像隻兔子。兒，你個小狗日的。

他知道不知道？我說。不知道。為什麼？不為什麼。你告訴他。我不告訴他。你為什麼要告訴我？林康便不作聲。林康後來說，史學家只有瞭解了歷史真相才會在史書上說謊。她這話嚇我一跳。哪兒對哪兒，一定是偷來的。林康熱中於風馬牛不相及都波及到歷史範疇裏來了。

糟糕的男人就是這樣，做父親的感覺突如其來。那個狗娘養的老東西是誰？不勞而獲居然當上了爸爸。我播種，他收穫。這樣的買賣他就是做了。

我不能想像你懷孕的樣子。推算下來，懷上我兒不久你就決定結婚了，也就是說，那時候起你已經謀劃著放棄芭蕾。你熱中於表現聖潔、夢幻、高貴、典雅的身體決定回到形而下，做一個容器，孕育生命。你的演出讓人看了可憐，越來越少的觀眾裏掌聲三三兩兩。小天鵝的大幅跳躍裏越來越多地蘊含了寂寞。掌聲是同情性的，安慰你的努力。你謝幕時的眼神茫然了起來。你問我，人呢？人都哪裏去了？我只知道人在大街上，別的我什麼也不知道。人口越多的民族最終的缺憾只能是人，這個結論誕生於上個世紀。

你用做愛替代練功。做愛的方式與姿勢接近了瘋狂，與你舞台上優美的寧靜和嫻熟的動感判若兩人。你的身體無懈可擊，臻於完美，做為一種語言完全勝任一切芭蕾表達。從額頭到頸項到腹部到小腿的踝骨，波動的流水線一氣呵成。上帝造你時是即興的。你把自己泡浸在旋律裏頭，用腳尖與指尖翩翩起舞。

那天你很疲憊地來到我的住處，扔了包說，洗個澡，讓我洗個澡。洗完了，你裸坐在鏡子面前，順手拿起我的菸。你打火的模樣笨拙而又可愛。你說，指揮到加拿大去了，首席小提琴去了日本，貝司也蠢蠢欲動起來，說要奔澳洲。你就說了這四句，口氣完全是春秋筆法，不虛美，不掩惡。過了好半天我在鏡子裏和你對視，看見晶亮的東西在你的眼裏無聲閃爍，爾後慢慢變厚，掉了下來。我走上去擁住你，你委屈得像個孩子。後來你很突然地站起身，大聲說，他們不享受芭蕾，我享受我自己。我們上了床，你打開了爵士樂，轟天樂聲裏你大聲呼叫。你一定是故意這樣的，我從沒見過你這樣放肆地做愛，差不多成了蕩婦。你的沒有體重的身體，聖潔的身體，習慣於翩然而行的身體頃刻間無比陌生，讓我大驚失色。我幾乎想放棄這場戰爭。但我不能自已。完了。昏了頭了。

依照邏輯，蜜月裏你應當知道懷上的是我的孩子，你就是把孩子獻給了吃壯陽藥的老東西。你對歷史的有效修正滿足了那個可憐老人的虛榮。他以為自己還是英雄，還行。但老人被愚弄的過程一直都是偉大的。後人稱之為「歷史」。

孩子在尋找小昆蟲。我小的時候也是這樣的。我的整個童年尾隨在蚱蜢蛐蛐後面。歷史舊跡歷來是昆蟲的天堂，它們在這裏歌唱失去的光榮、夢想和神聖。孩子捉了一個又一個。他和昆蟲說話。說完話孩子把昆蟲的腿卸下來，而後是翅膀，而後是腦袋。

我和林康從不同的角度看我們的孩子。孩子鮮豔的服裝在石頭的青灰面前宛如歷史的一種夢囈。孩子很好。給了我傷心的衝動。生活亂了套了。全亂套了。

我把孩子抱過來。孩子怕我。他的眼裏充滿防範。孩子用一隻手撐住我的下巴，拒絕吻與親熱。我給了他一巴掌。我也弄不懂哪裏來的那麼大怒氣，撩開他的開襠褲「啪」地就一下。孩子的掙扎讓我絕望。孩子張開了嘴巴高聲哭叫，大喊「爸爸」。孩子的叫聲有一種無力回天的傳遞，飄到歷史古蹟的高處，把名勝弄得都不像名勝。尤其該死的是回聲，模模糊糊的「爸爸」像長了一層青苔，否定了空間感與現實感。

你在幹什麼？林康厲聲說。我靜下來。生活已經全亂套了。兒，你這小狗日的。

你一直熱中於那面鏡牆。幾乎所有的時間都是在鏡子面前度過的。你的雙臂張開來，液體那樣波動。我說，你怎麼不回去？不回家？你說鏡子就是你的家。這時候鏡子裏折射出乾淨清涼的光。在鏡子的內部你形單影隻，有一種平和安寧的憂傷。你的憂傷氣質高貴，晶瑩冰涼。我說，別練了。你望著鏡子裏的自己，自語說，不能不練，不練就死了。我說哪裏有那麼嚴重，怎麼會到那個地步。你說你不懂，是另一種死，是一種更哀怨更無奈的死。你說別人的身體只死一次，跳芭蕾的要死兩回，你怕我不懂，又在鏡子裏補我一眼，說道，你懂嗎？我感到一種徹骨的恐怖，說你真漂亮。你盯著我，糾正說，不是漂亮，你說，是美。

就在那樣的日子裏你一遍又一遍排練那隻受傷的天鵝。你一次又一次精妙絕倫地死去。你對死亡的熱中讓我在今天後怕。但你給定的死亡並不恐怖，相反，成了生命的一種極致，冰清玉潔，寒光凜冽。受傷的天鵝死得過於精緻，華貴的死亡款式優美得走了調樣。你在舞台上死亡充滿激情，全身心投人，就像秋溪流進嚴冬，死亡成冰。這樣的死亡瘋狂地感染你自己，使你無法脫身。下了台我問你，怎麼這樣？你幹嗎這樣？好像真的不想活了？你望著台下越來越多的空號座位，表情戚然所答非所問地說，這一天不遠了，我已經看見了。

那些日子你反覆看你老師的錄像帶，是那齣家喻戶曉的芭蕾舞劇《白毛女》。我弄不懂你為什麼被這樣的戲感動得流淚，甚至你看《紅燈記》也流淚。我說你這人怎麼回事，這些狗屁東西有什麼稀奇？你怎麼會喜歡這些東西？你才是狗屁！你盯著我，惡狠狠地說，你懂個屁！後來你真的買了副假髮套，染成素白，你在練功房的大鏡子裏自艾自憐地跳起了那段著名獨舞。看過你演出的同事都說，你三分是人，七分像鬼。聽了這話你大笑起來，笑得寒風嗖嗖、凜冽砭骨，像京戲裏的那樣，全身聳動，完全是吃錯藥大抽筋的樣兒。

兒很意外地讓蟲咬了。兒的哭叫慌亂而又誇張。我走上去，紅腫了一片。我張開雙臂，對兒說，不哭了，我抱，不哭了。兒不看我，兒張大了嘴巴只是哭著喊「媽」。兒從我身邊走過去，就兩三丈長的路，是花崗岩碎石拼嵌的。我便站在原地，這兩三丈距離其實和歷史一樣漫長。林康抱起兒，親了又親，說了好多好多溫存話。兒便不哭，望遠方的歷史石頭。我說，行了，不要緊的，這點事算得了什麼。林康沒開口，雙手抱兒不住地晃動。我說，這樣慣長大了怎麼得了？林康說，我們沒人慣，我們這一代還不是完了？你還指望下一代什麼？又有什麼好指望的？我便對兒說，乖，我抱。兒看我一眼，說，不要。我的傷心與憤怒頓然間不可遏止。我大聲說，給我抱！兒怔了一回，閉上眼，哭得像河馬。我心裏的一樣東西冰塊那樣給粉碎了，在歷史舊跡之間迴蕩清脆的響聲與點點冰光。我說，哭什麼哭？你哭什麼哭？林康的臉上說變就變，林康的手指叉開來搭在孩子的後背，大聲說，你嚷什麼？把孩子嚇著。我壓下一肚子憤懣，小聲說，我是他父親，我是他爸。林康沒有回我的話，抱了孩子勃然而去。林康走到石獅的拐彎時兒向我伸出一隻小指頭，警告說：叔叔壞，不許你來。

一九九五年第三期《青年作家》

火車裏的天堂

當我們否定了自我的時候，我們，我，用離婚作了一次替代。我們金蟬脫殼，拿生命的環節誤作自我革新與自我出逃。婚姻永遠是現代人的替罪羊。

四年前我相當榮幸地離了婚，在離婚的現場我和我的妻子接了一個很長的吻，差不多就有火車這麼長。那一天風和日麗，一草一木都像是為我們的離婚搭起來的布景，這樣的日子不離婚真是糟蹋了。那時的人們普遍熱中於離婚，最時髦的一句話是這樣說的，離婚是現代人的現代性。這話多出色。正如馬季先生推銷張弓酒所說的那樣，不好，我能向您推薦嗎？現代性是什麼？我不知道。不知道就沉默，這樣一來就連我的沉默也帶上現代性了。這在大多數人的眼裏絕對是一件望塵莫及的事。

離婚之前我們活得很擁擠，更糟糕的是，我們都有些「歲月感」。真正的生活似乎是不應該帶有歲月感的。我們便學會用「距離」和「批判」這兩種方式來審核生活了。距離，還有批判，這一來第一個遭到毀滅的只能是婚姻。在這樣的精神背景底下，我認識了我的「小九九」，而我妻子也出了問題，她和她的小老闆對視的時候目光再也不垂直了，多了一種角度，既像責備，又像崇敬，簡直是美不勝收。我們結婚之後妻就再也沒有用這樣動人的目光凝視過我了。不過我和我的妻子說好了的，週二、週四和週六在家裏恩愛，其餘的晚上則各得其所。也就是一三五不論，二四六分明。沒有多久我就發現妻子徹底不對勁了，她走路的時候腦袋居然又歪過去了。她的那一套程序我熟，她走路時腦袋歪過去就說明她和小老闆已經愛出「毛病」來了。「毛病」是妻子的私人話語。它表明了一種至上境界。可是我沉得住氣，儘管我也有「小九九」，我還是希望見到這樣一種局面：不是我，而是妻子對不住婚姻與愛情。誰不指望既當婊子又立牌坊呢？等我有了妻子的把柄，我會以一種寬容的姿態和她攤牌的。然而，妻子迫不及待。她在一個週末的晚上伸起了懶腰，打著哈欠對我說，怎麼越來越想做少女呢？這話很露骨了。她在用露出來的骨頭敲我的邊鼓。我想還是快刀斬亂麻吧，與其她裝沉痛，不如我來。我臉上的皺紋多，沉痛起來有深度。我點上菸，說，我們還是尊重一下現代性吧。妻子聽不懂我的哲學語氣，然而，她憑藉一種超常的直覺直接破譯了哲學，妻說：「你不是想和我離婚吧？」我說：「是。」妻子便哭了。妻在當天晚上哭得真美呵，淚光點點的，就跟林妹妹服用了冷香丸之後又受了屈似的。你要是看到了肯定會憐香惜玉。女人遂了心願之後哭起來怎麼就那麼迷人呢？連身姿都那麼嫋娜。我走上去，擁住了她，妻說：

「你不要碰我。我不用你管。」

後來我們便離掉了。離婚的時候我們手拉手，膩歪歪的就像初戀。我們把這個愛情故事演到最後的一刻，連離婚辦理員都感動了。她用一句俚語為我們的婚姻作了最後的總結。她說，唉，恩愛夫妻不到終啊！

和妻子一分手我就給我的小九九打去了電話，我大聲說，快點來，到我這裏來掉頭髮！我的小九九在愉快的時候總是掉頭髮，弄得我常為這個細節又懊惱又緊張。可在那個下午我的小九九一根頭髮也沒有掉。我都懷疑她的過去是故意的了。她這個人就喜歡在別人的生活裏頭製造蛛絲馬跡。果然不錯，當天下午我的小九九懶洋洋的，不像過去，一見面就像剛剛擰緊的鬧鐘發條，分分秒秒都咔嚓咔嚓的。但那個下午從容得就像婚姻。我的小九九賭氣地說：「一點氣氛都沒有。」

她的「氣氛」指的是緊張。我不知道故意設定緊張再人為地消解緊張是不是現代性。這是學問，需要研究。我就覺得我這個婚離得太平庸了，沒有距離，沒有批判，一點異峰突起都沒有。

——這些都是舊話嘍。

我現在在火車上。火車以每小時八十公里的速度奔向我的前妻。上車之前我又一次體驗到榮幸的滋味，我要復婚了。聽明白沒有，不是結婚，也不是再結婚，是復婚。這裏頭太複雜了。火車每小時八十公里，它歸心似箭。我的心情棒極了，長滿了羽毛，撲棱撲棱的。我現在依然不知道婚姻是什麼，現代性是什麼，然而，既然結婚的心情像小鳥，復婚的心情就不可能不長羽毛。光禿禿的心情怎麼能每小時八十公里呢？

離婚使我們的「距離」與「批判」失卻了參照，為了現代性，行之有效的辦法就是把扔掉的東西再撿回來。這多好！復婚吧，兄弟們，姊妹們，老少爺兒們。撿起羽毛，把它插到心情上去。

現在正是夜晚，我的火車融入了夜色。只有一排修長的、筆直而又明亮的窗口在風中飛奔。火車夾在兩條鐵軌中間，往黑暗裏衝，鐵軌「咣啷咣啷」的，真令人心花怒放。眼下正是三月，火車裏空空蕩蕩，火車駛過了一座鐵橋的時候整個車身都發出空洞的呼應，像懸浮。我努力把火車想像成天堂，事實上，天堂在夜色之中絕對就是一列火車。火車送我們到黎明，終點站不可能不是天剛放亮的樣子。

我的口袋裏捂著妻子的信。信上只有一句話：丈夫，來，和你的妻子結婚。多麼美妙的十個字。它是漢語世界裏有關婚姻的最偉大的詩篇。而它就取材於我們的生活，它是我們基礎生活中的一個側面。我把這十個字默誦了一千遍，享受生活現在就成了享受語言。我想對我的妻子說，我來了，每小時八十公里。

但是我並沒有飛。我坐在軟席上，寂然不動，手裏夾了一根菸。我把這四年的生活又梳理了一遍，它們讓我傷心。距離，還有批判，是我們對自身的苛求，並不涉及其他。所有的難處都可以歸結到這麼一點：我們厭倦了自我重複，我們無法產生對自己的不可企及。這句話怎麼才能說得家常一點呢？還是回到婚姻上來，當我們否定了自我的時候，我們，我，用離婚作了一次替代。我想我的妻子也是這樣的。我們金蟬脫殼，拿生命的環節誤作自我革新與自我出逃。婚姻永遠是現代人的替罪羊。

我還想起了我的小九九，她差不多就在我離婚的時候離開了我。她給我只留下了這樣一句話：我不想和你結婚，我不想用大米換零食。

她怎麼就這麼深刻呢？

不過這四年裏總算有一個溫柔插曲，我在南方的沿海城市邂逅了我的妻子。我們擦肩而過，卻又回過了頭來。我的妻子戴了一副大墨鏡，她說：「哎，這不是你嗎？」她摘下墨鏡，我激動得發瘋，大聲說：

「嗨，是你，都不像她了！」

聽出來沒有？好丈夫永遠是「你」，而好妻子則永遠是「她」。

我的妻子變漂亮了，從頭到腳都是無邊風月。他鄉遇故知，洞房花燭夜，兩件事合到一塊去了，你說人能夠不爆炸嗎？我們把自己關在飯店裏，三十個小時都沒出門。

妻望著我，這麼多年過去了，她瞳孔裏頭光芒越來越像少女了。妻感染了我。我們歪在枕頭上，執手相看淚眼。他媽的，我在戀愛呢。

分手之後我們開始通信。我們再也不像初戀的日子那樣，整天抱住電話膩歪了。我們寫信，用這種古典的方式裝點現代人生。我們用神魂顛倒的句子給對方過電，雞皮疙瘩整天豎在後背上，後來我對她說，嫁給我吧！妻子便再也沒有回音了。

半年之後妻子回話了，她一上來就給我寫來了一首偉大的詩篇。

你說我的後背能夠不豎雞皮疙瘩嗎？我的雞皮疙瘩上頭能夠不長羽毛嗎？

不到九點火車駛進了中轉站。下去了幾個人，又上來了幾個人。上車的人裏頭包括一對新婚的夫婦和一個漂亮的女人。我希望那一對年輕的夫婦離我遠一點，而那個單身女人能夠坐在我的身邊。結果那一對恩愛的夫妻坐在我的斜對過，而女人坐在了我的對面。我就知道天堂裏頭不會有不順心的事。只有那一對夫婦太近了點。他們顯然是正月裏剛結婚的，正到南方度蜜月。他們手拉著手，一對白亮的情侶鑽戒在他們的無名指上閃亮閃亮的。他們架好行李就開始悄悄說話了，他們擁在一起，臉上的笑容又滿足又疲憊，說話的唇形都是那樣地情深意長。要不是我的心情好，哪裏受得了這份刺激。

不盡如人意的事還有。我對面的單身女人一直是一副很冷漠的樣子，一副憂心忡忡的樣子。就好像她是出使中東的政治家。她的紫色的口紅傲慢得要命，時時刻刻都像在拒絕。你說你傲慢什麼？拒絕什麼？我都是快復婚的人了。我一直想和她打招呼，我想說：「嗨！」這有點太好萊塢了。中國式的開局應當是「你吃了沒有」，這話又問不出口。於是我只好用手腕托住下巴，傲慢，兼而憂心忡忡。我一定要弄出政治家或外交家行走在中東的模樣。

女人拿出了「三五」香菸，她的指甲上全是紫色的指甲油。我也掏菸，掏火柴，比她快。這樣我就有機會給她點菸了。我給她點上，而後用同一根火柴給我自己點上。我叼著菸，很含糊地說：「上哪兒？」

「終點。」她說，「你呢？」

我說：「我也是終點。」

終點，多麼好的一個站台。

其實上哪兒去對我們來說並不要緊，那是機車和鐵軌的事，重要的是，在哪兒都必須有我們的生活。不是有這樣一個好比喻嗎，人的一生，就像人在旅途。我們沒有任何理由拒絕天堂裏的一生。

我說：「做生意還是開會？」

她說：「離婚。——你呢？」

我沒有料到她這樣爽快，一下子就談及了這樣隱祕的私人話題。我有些措手不及，支吾說：「我復婚。」

她說：「當初怎麼就離了？」

這個問題太專業，也太學術化。這是一個難以用一句話概括的大問題。我想說，整天擁擠在一起，精神和肉體都覺得對方「礙事」。但是我沒有這樣說。我用一種類似於禪宗的辦法回答了她。我劃上火柴，把火苗塞到火柴盒的黑頭那一端，整個火柴盒內一個著，個個著，呼地就是一下。

「就這麼回事。」我說。

她點點頭。

我說：「你呢？」

她說：「要是有人願意和我一塊兒燒死，我現在就往火坑裏跳。——他一年回來十來天，錢倒是寄回來不少。我要那麼多錢做什麼？誰死的時候收不到一大堆的紙錢？我還沒有死呢，他就每個月給我燒紙了。我連寡婦都比不上，寡婦門前還有點是非呢。」

她的男人不是「小老闆」就是「總經理」，像火柴盒裏的火柴，出去之後就不回來了。

不過旅途真好，只要有緣分面對面，任何一個陌生人都比你最好的朋友靠得住。你一上來就可以傾訴、吐露，享受天堂的信賴與撫慰。整個天堂就是一節車廂，世界只能在窗戶外面，而玻璃外的夜也只能是宇宙的邊緣色彩。我甚至很肉麻地認為，在這個時候我就是亞當，而對面的女人必須是夏娃。我們廝守在一起，等待一隻蘋果。而蘋果的汁液沒有他媽的現代性，它只是上帝他老婆的奶水，或人之初。

她真的拿出了水果。是橘子。給了我一個。在這樣的時刻我不喜歡橘子，裹了一張皮，一瓣一瓣的，又擠在一塊又各是各。只有蘋果才能做到形式就是內容。除了用刀，它的「皮」沒有任何可剝離性，咬一口，蘋果的傷口不是布滿了血跡就是牙痕。

她似乎說動頭了，岔不開神。她說：「他就是寄錢，不肯離。他在電話裏頭對我說，實在寂寞了，就『出去』，這是人話嗎？我要是『出去』我花你的錢做什麼？」

我說：「離了也好，再復。一來一去人就精神了。」

她說：「我不會和他復的。我有仇。」

我說：「怎麼會呢？再怎麼也說不到仇上去。」

她說：「是仇。婚姻給我的就是仇。你不懂。」

我不知道我的「夏娃」為什麼如此激動，但是我看得出，她真的有仇，不是誇張。她的目光在那兒。她的目光閃耀出一種峭厲的光芒，在天堂裏頭寒光颼颼，宛如蛇的芯子，發出駭人的嘶嘶聲。

「人有了仇，人就不像人了。」她說。

我們說著話。我們一點都沒有料到那對恩愛的夫妻已經吵起來了。他們分開了，臉上的神色一觸即發。新郎看了我一眼，似乎不想讓我聽見他的話。他壓低了聲音說：「以後再說好不好？再說，好不好？」

「少來！」新娘說。

我避開新郎的目光，側過頭去。我在玻璃裏頭看得見這對夫婦的影子。新郎在看我。我打過斯諾克，我知道台球的直線運動與邊框的折射關係。他在看我。

新郎低聲說：「我和她真的沒有什麼，都告訴你了，就一下嘛。」

新娘站起身。她顯然受不了「就……一下」的巨大刺激，一站就帶起來一陣春寒。她的聲音不大，然而嚴厲：「都接吻了，還要怎樣？」

新郎的雙手支在大腿上，滿臉是懊喪和後悔。新郎說：「這又怎麼樣呢？」他低下頭，有些自責。他晃著腦袋自語說：「他媽的我說這個做什麼？」

但新娘不吱聲了。新娘很平靜地坐下去，似乎想起來正在火車上。她的臉上由衝動變成冷漠，由冷漠又過渡到「與我無關」的那種平靜上去了。這麼短的時間裏頭她就完成了內心的全面修復，她的吐納功夫真是了得，她的內功一定比梅超風更像「九陰真經」的真傳。我看新郎的喜氣是走到頭了。她的表情在那兒，她不看他，不理他，旁若無人。新郎很可憐地說：「嗨——！」她就是望著窗外。

「我把我的嘴唇撕了好不好？」新郎突然說。

火車裏的人們聽到這句吼叫全站立起來了。沒有人能夠明白一個男人為什麼要撕自己的嘴唇。這裏頭的故事也太複雜了。但是閒人的表情總是拭目以待的。

「隨你。」新娘輕聲說。

新郎的瘋狂正是從這句話開始的。他從行李架上取下行李，怒沖沖地往回走。他那種樣子完全是一隻衝向紅布的西班牙牛。但是他只衝了一半，火車便讓他打了個趔趄。他終於明白他是走不掉的了。他返回來，央求說：「都不相干了，你怎麼就容不下一個不相干的人呢？」

「只有廁所才容別人呢。」

新郎丟下包，說：「你說怎麼辦吧。」

「離。」新娘說，「做不了一個人就只能是兩個人。」

這句偉大的格言伴隨著火車的一個急煞車，天堂「咣當」一聲。火車愣了一下，天堂就是在這個瞬間裏頭被煞車甩出車廂的。

然而火車馬上就重加速了。它在發瘋，拚命地跑，以一種危險的姿態飛馳在某個邊緣。速度是一種死亡。我聞到了它的鼻息。火車的這種樣子完全背離了天堂的安詳性。我感覺到火車不是在飛奔，而是自由落體，正從浩瀚的星光之中往地面掉。它窗口的燈光宛如一顆長著尾巴的流星。

我擔心地問：「會離嗎？」

對面的女人噘起了紫色口紅，說：「不管人家的事。」

這話說得多親切，就好像我們已經是倆口子了，背靠背，或臉對臉，幸福地被橘子皮裹在懷裏。我笑起來。我敢打賭，我的笑容絕對類似於向日葵，在陽光下面十分被動地欣欣向榮。但一想起陽光我的心思就上來了，陽光，那不就是天亮嗎？那不就是終點站嗎？

車廂裏的排燈終於熄滅了。夜更深了。我對面的女人從行李架上掏出了一件毛衣，裹在了小腿上。她自語說：「睡一會兒。」我點上菸，用丈夫的那種口吻說：「睡吧。」她在黑暗裏頭看了我一眼。我突然發現我的口氣溫柔得過分了，都像真的了，都像在自家的臥室了。天堂的感覺都讓我自作多情得出了「毛病」了。我摁掉菸，掩飾地對自己說：「睡吧。」我聽出了這一次的口氣，對終點與天亮充滿了擔憂，那是一種對自我生存最嚴重的關注。我想我臉上的樣子一定像政治家行走在中東，憂心忡忡。

一九九七年第六期《人民文學》

男人還剩下什麼

要說平庸，這個世界上最平庸的就是上帝，搗鼓出了男人，又搗鼓出了女人，然後，又由男人與女人搗鼓出下一代的男人和女人——你說說看，在這個世界我們如何能「詩意」地生存？

嚴格地說，我是被我的妻子清除出家門的，我在我家的客廳裏擁抱了一個女人，恰巧就讓我的妻子撞上了。事情在一秒鐘之內就鬧大了。我們激戰了數日，又冷戰了數日。我覺得事情差不多了，便厚顏無恥地對我的妻子說：「女兒才六歲半，我們還是往好處努力吧。」我的妻子，女兒的母親，市婦聯最出色的宣傳幹事，很迷人地對我笑了笑，然後突然把笑收住，大聲說：「休想！」

我只有離。應當說我和我妻子這些年過得還是不錯的，每天一個太陽，每夜一個月亮，樣樣都沒少。我們由介紹人介紹，相識、接吻、偷雞摸狗、結婚，挺好的。還有一個六歲半的女兒，我再也料不到阿來會在這個時候出現。阿來是我的大一同學，一個臉紅的次數多於微笑次數的內向女孩。我愛過她幾天，為她寫過一首詩，十四行。我用十四行漢字沒頭沒腦地拍植物與花朵的馬屁，植物與花朵沒有任何反應，阿來那邊當然也沒有什麼動靜。十幾年過去了，阿來變得落落大方，她用帶有廣東口音的普通話把十四行昏話全背出來了，她背一句我的心口就咯噔一次，一共咯噔了十四回。千不該，萬不該，我不該在咯噔到十四下的時候忘乎所以。我站了起來，一團復燃的火焰呼地一下就躥上了半空。我走上去，擁抱了阿來，——你知道這件事發生在哪兒？在我家客廳。

別的我就不多說了，再交代一個細節。我的妻子在這個節骨眼上回來了。剛剛躥上半空的那團火焰「呼」地一下就滅了。客廳裏一黑，我閉上眼。完了。

妻子把一幢樓都弄響了。我不想再狡辯什麼。像我們這些犯過生活錯誤的人，再狡辯就不厚道了。我的妻子以一種近乎瘋狂的口氣和形體動作對我說：「滾！給我滾！」我對我妻子的意見實在不敢苟同，我說：「我不想滾。」妻子聽了我的話便開始砸，客廳裏到處都是瓷器、玻璃與石膏的碎片。這一來我的血就熱了。時代不同了，男女都一樣，女同志能做到的事，我們男同志也一定能夠做到。我也砸。砸完了我們就面對面大口地喘氣。

妻子一定要離。她說她無法面對和忍受「這樣的男人」，無法面對和忍受破壞了「純潔性」的男人。我向我的妻子表示了不同看法。阿來為了表示歉意，南下之前特地找過我的妻子。阿來向我的妻子保證：我們絕對什麼也沒有幹！妻子點點頭，示意她過去，順手就給了她一個嘴巴。

事態發展到「嘴巴」往往是個臨界。「嘴巴」過後就會產生質變。我們的婚姻似箭在弦上，不離不行，我放棄了最後的努力，說，「離吧。我現在就簽字。」

離婚真是太容易了，就像照完了鏡子再背過身去。

有一點需要補充一下，關於我離婚的理由，親屬、朋友、鄰居、同事分別用了不同的說法。通俗的說法是「那小子」有了相好的，時髦一點的也有，說我找了個「情兒」，還有一種比較古典的，他——也就是我——遇上了韻事，當然，說外遇、豔遇的也有。還是我的同事們說得科學些：老章出了性醜聞。我比較喜歡這個概括，它使我的客廳事件一下子與世界接軌了。

最不能讓我接受的是我的鄰居。他們說，老章和一個「破鞋」在家裏「搞」，被他的老婆「堵」在了門口，一起被「捉住」了。性醜聞的傳播一旦具備了中國特色，你差不多就「死透了」。

我簽完字，找了幾件換洗衣服，匆匆離開了家。我在下樓的過程中聽見我前妻的尖銳叫喊：「這輩子都不想再見到你！」

我臨時居住在辦公室裏。我知道這不是辦法，然而，我總得有一個地方過渡一下。我們的主任專門找到我，對我表示了特別的關心，主任再三關照，讓我當心身體，身邊沒有人照顧，「各方面」都要「好自為之」。主任的意思我懂，他怕我在辦公室裏亂「搞」，影響了年終的文明評比。我很鄭重地向主任點點頭，伸出雙手，握了握，保證說，兩個文明我會兩手一起捉的。

住在辦公室沒有什麼不好。唯一不適應的只是一些生理反應，我想剛離婚的男人多多少少會有一些不適應，一到晚上體內會平白無故地躥出一些火苗，藍花的，舌頭一樣這兒舔一下，那兒舔一下。我曾經打算「親手解決」這些火苗，還是忍住了。我決定戒，就像戒菸那樣，往死裏忍。像我們這些犯過生活錯誤的人，對自己就不能心太軟。就應該狠。

但是我想女兒。從離婚的那一刻起我就對自己說了，把一切都忘掉，生活完全可能重新開始，重新來，我不允許與我的婚姻有關的一切內容走進我的回憶。我不許自己回憶，追憶似水年華是一種病，是病人所做的事，我不許自己生這種病。

我驚奇地發現，我的女兒，這個搗蛋的機靈鬼，她居然繞過了我的回憶撞到我的夢裏來了。

那一天的下半夜我突然在睡夢中醒來了，醒來的時候我記得我正在做夢的，然而，由於醒得過快，我一點也記不得我夢見的是什麼了，我起了床，在屋子裏回憶，找。我一定夢見了什麼很要緊的事，要不然悵然若失的感覺不可能這樣持久與強烈。這時候我聽見有人喊我，是我的女兒，在喊我爸爸。那時正是下半夜，夜靜得像我女兒的瞳孔。我知道我產生了幻聽。我打開門，過廊裏空無一人，全是水磨石地面的生硬反光。過廊長長的，像夢。我就在這個時候記起了剛才的夢，我夢見了我的女兒。離婚這麼久了，我一直覺得體內有一樣東西被摘去了，空著一大塊。現在我終於發現，空下的那一塊是我的女兒。這個發現讓我難受。

我關上門，頹然而坐。窗戶的外面是夜空。夜空放大了我的壞心情。我想抽菸，我戒了兩年了。我就想抽根菸。

第二天一早我就找到我的前妻。她披頭散髮。我對她說：「還我女兒！」

「你是誰？」

「我是她爸！」

「你敲錯門了。」

她說我敲錯門了。這個女人居然說我敲錯門了！我在這個家裏當了這麼多年的副家長，她居然說我敲錯門了！我一把就揪住了她的衣領，大聲說：「九〇年四月一號，我給你打了種，九一年一月十六，你生下了我女兒，還給我！」

我想我可能是太粗俗了，前妻便給了我一耳光。她抽耳光的功夫現在真是見長了。她的巴掌讓我平靜了下來。我深吸了一口氣，說：「我們談談。」

這次交談是有成果的。我終於獲得了一種權利，每個星期的星期五下午由我接我的女兒，再把我的女兒送給她的媽媽。前妻在我的面前攤開我們的離婚協議，上頭有我的簽名，當時我的心情糟透了，幾乎沒看，只想著快刀斬亂麻。快刀是斬下去了，沒想到又多出了一堆亂麻。前妻指了指協議書，抱起了胳膊，對我說：「女兒全權歸我，有法律做保證的。你如果敢在女兒面前說我一句壞話，我立即就收回你的權利。」

我說：「那是。」

前妻說：「你現在只要說一句話，下個星期五就可以接女兒了。」

「說什麼？」我警惕起來。

「阿來是個狐狸精。」前妻笑著說。

我把頭仰到天上去。我知道我沒有選擇。我瞭解她。我小聲說：「阿來是個狐狸精。」

「沒聽見。」

我大聲吼道：「阿來是個狐狸精！好了吧，滿意了吧？」

「握起拳頭做什麼？我可沒讓你握拳頭。」前妻說。

女兒正站在滑梯旁邊。一個人，不說一句話。我大老遠就看見我的女兒了，我是她的爸爸，但是，女兒事實上已經沒有爸爸了。我的女兒大老遠地望著我，自卑而又膽怯。

我走上去，蹲在她的身邊。才這麼幾天，我們父女就這麼生分了。女兒不和我親暱，目光又警惕又防範。我說：「嗨，我是爸爸！」女兒沒有動。我知道就這麼僵持下去肯定不是辦法，我拉過女兒的手，笑著說：「爸帶你上街。」

我們沿著廣州路往前走。廣州路南北向，所以我們的步行也只能是南北向，我們不說話，我給女兒買了開心果、果凍、魚片、牛肉乾、點心巧克力、台灣香腸，女兒吃了一路。她用咀嚼替代了說話。我打算步行到新街口廣場帶女兒吃一頓肯德基，好好問一些問題，說一些話，然後，送她到她的母親那裏去。我一直在考慮如何與我的女兒對話。好好的父親與女兒，突然就陌生了，這種壞感覺真讓我難以言說。

一路上我們一直沒有說話。後來我們步行到了安琪兒麵包房。這由一對丹麥夫婦開設的麵包鋪子正被夕陽照得金黃，麵包們剛剛出爐，它們的顏色與夕陽交相輝映，有一種世俗之美，又有一種脫俗的溫馨。剛剛出爐的麵包香極了，稱得上熱烈。我的心情在麵包的面前出現了一些轉機，夕陽是這樣的美，麵包是這樣的香，我為什麼這樣悶悶不樂？我掏出錢包，立即給女兒買了兩隻，大聲對女兒說：「吃，這是安徒生爺爺吃過的麵包。」

女兒咬了一口，並不咀嚼，只是望著我。我說：「吃吧，好吃。」女兒又咬了一口，嘴裏塞得鼓鼓的，對著我不停地眨巴眼睛，既嚥不下去又不敢吐掉，一副撐壞了的樣子。我知道女兒在這一路上吃壞了。我弄不懂自己為什麼要這樣，拚命給女兒買吃的，就好像除了買吃的就再也找不出別的什麼事了。我知道自己和大部分中國男人一樣，即使在表達父愛的時候，也是缺乏想像力的。我們在表達恨的時候是天才，而到了愛面前我們就如此平庸。

然而，再平庸我也是我女兒的父親。我是我女兒的父親，這是女兒出生的那個黎明上帝親口告訴我的。要說平庸，這個世界上最平庸的就是上帝，搗鼓出了男人，又搗鼓出了女人，然後，又由男人與女人搗鼓出下一代的男人和女人——你說說看，在這個世界我們如何能「詩意」地生存？如何能「有意義」地生存？我們還剩下什麼？最現成的例子就是我，除了女兒，我一無所有。而女兒就站在我的面前，一副吃壞了的樣子。我的心情一下又壞下去了，這麼多年來我還真是沒有想過怎麼去愛自己的孩子。這讓我沮喪。這讓我想抽自己的嘴巴。我從女兒的手上接過麵包，胡亂地往自己的嘴裏塞。我塞得太實在了，為了能夠咀嚼，我甚至像狗那樣閉起了眼睛。

吃完這個麵包我長長地嘆了一口氣，夕陽還是那樣好，金黃之中泛出了一點嫩紅。我打消了去吃肯德基的念頭。我低下腦袋，望著我的女兒。女兒正茫然地望著馬路。馬路四通八達，我一點都看不出應當走哪一條。我說：「送你到你媽那邊去吧。」女兒說：「好。」

再一次見到女兒的時候我決定帶她去公園。公園依然是一個缺乏想像力的地方，幾棵樹，幾灣水，幾塊草地，煞有介事地組合在一起。這一天我把自己弄得很飽滿，穿了一套李寧牌運動服，還理了一個小平頭，看上去爽朗多了，我從包裏取出幾張報紙，攤在草地上，然後，我十分開心地拿出電子寵物。我要和我的女兒一起注視那隻電子貓，看那隻貓如何滿足我們的好奇心，如何開導我們的想像力。

女兒接過電子寵物之後並沒有打開它。女兒像一個成人一樣長久地凝視著我，冷不丁地說：「你是個不可靠的男人，是不是？」

這話是她的媽媽對她說的。這種混帳話一定是那個混帳女人對我的女兒說的。「我是你爸爸。」我說，「不要聽你媽胡說。」但是女兒望著我，目光清澈，又深不見底。她的清澈使我相信這樣一件事：她的瞳孔深處還有一個瞳孔。這一來女兒的目光中便多了一種病態的沉著，這種沉著足以抵消她的自卑與膽怯。我沒有準備，居然打了一個冷顫。

我跪在女兒的對面，拉過她，厲聲說：「你媽還對你說什麼了？」

女兒開始淚汪汪。女兒的淚汪汪讓做父親的感覺到疼，卻又說不出疼的來處。我輕聲說：「乖，告訴我，那個壞女人還說爸爸什麼了？」

女兒便哭。她的哭沒有聲音，只有淚水掉在報紙上，「叭」地一顆，「叭」地又一顆。

我說：「爸送你回去。」

女兒沒有開口，她點了點頭，她一點頭又是兩顆淚。「叭」一下，「叭」又一下。

當天晚上辦公室的電話鈴便響了。我正在泡康師傅快餐麵，電話響得很突然。我想可能是阿來，她南下這麼久了，也該來一個電話慰問慰問了。我拿起了電話，卻沒有聲音。我說：「喂，誰？——你是誰？」

電話裏平靜地說：「壞女人。」

我側過頭，把手叉到頭髮裏去。我拚命地眨眼睛對著耳機認真地說：「我不是那個意思。」

「我不追究你的意思，我沒興趣。」電話裏說，「我只是通知你，我取消你一次見女兒的機會——做錯了事就應當受到懲罰。」

我剛剛說「喂」，那頭的電話就掛了。對女人的告誡男人是不該忘記的。星期五下午我居然又站到女兒的幼兒園門口了。我拿著當天的晚報，站立在大鐵門的外側。後來下課的鈴聲響了，我看見了我的女兒，她沒有表情，在走向我。

大鐵門打開的時候孩子們蜂擁而出。他們用一種誇張的神態撲向一個又一個懷抱。我的女兒卻站住了，停在那兒。我注意到女兒的目光越過了我，正注意著大門口的遠處。

我回過頭，我的前妻扶著自行車的把手，十分嚴肅地站在玉蘭樹下。

我蹲下去，對女兒張開了雙臂，笑著對女兒說：「過來。」就在這時，我聽見我的前妻在我的身後乾咳了一聲。女兒望著我，而腳步卻向別處去了。我的前妻肯定認為女兒的腳步不夠迅捷，她用手拍了一下自行車的坐墊。這一來女兒的步伐果然加快了。這算什麼？你說這算什麼？我走上去，拉住自行車的後座。我的前妻回過頭，笑著說：「放開吧，在這種地方，給女兒積點德吧。」我的血一下子又熱了，我就想給她兩個耳光。我的前妻又笑，說：「這種地方，還是放開吧。放開，啊？」真是合情合理。我快瘋了。我他媽真快瘋了。我放開手，一下子不知道我的兩隻手從哪裏來的。

我撥通了前妻的電話，說：「我們能不能停止仇視？」

「不能。」

「看在我們做過夫妻的分上，別在孩子面前毀掉她的爸爸，能不能？」

「不能。」

「你到底要做什麼？」

那頭又掛了。再一次見到女兒的時候我感到了某種不對勁。是哪兒不對勁，我一時又有點兒說不上來。女兒似乎是對我故意冷淡了，然而也不像，她才六歲大的人，她知道冷淡是什麼？

我們在一起看動物。這一次不是我領著女兒，相反，是女兒領著我。女兒相當專心，從一個鐵窗轉向另一個鐵窗。我只不過跟在後頭做保鏢罷了。女兒幾乎沒有看過我一眼，我顯然不如獅子老虎河馬猴子耐看。我是一個很家常的父親，不會給任何人意外，不會給任何人驚喜。你是知道的，我不可能像動物那樣有趣。

這是女兒愉快的黃昏。應當說，我的心情也不錯。我的心情像天上的那顆夕陽，無力，卻有些溫暖，另外，我的心情還像夕陽那樣表現出較為鬆散的局面。我決定利用這個黃昏和女兒好好聊聊，聊些什麼，我還不知道。但是，我要讓我的女兒知道，我愛她，她是我的女兒，任何事情都不能使我們分開，當然，我更希望看到女兒能夠對我表示某種親暱，那種稚嫩的和嬌小的依偎，那種無以復加的信賴，那種愛。我什麼都失去了，我只剩下了我的女兒。我不能失去她。

出乎我意料的是，女兒在看完動物之後隨即就回到孤寂裏去了。她不說話，側著腦袋，遠遠地打量長頸鹿。我知道她的小陰謀。她在迴避我。一定是她的母親教她的，我的女兒已經會迴避她的爸爸了。我嚴肅起來，對我的女兒說：「我們到那棵樹下談談。」

我們站在樹下，我一下子發現我居然不知道如何和我的女兒「談」話。我無從說起。我感覺我要說的話就像吹在我的臉上的風，不知道何處是頭。我想了想，說：「我們說的話不要告訴你媽媽，好不好？」

女兒對我的這句話不太滿意。她望著我，眨了一下眼睛。她那句氣得我七竅生煙的話就是在這個時候說出來的，她的話文不對題，前言不搭後語。女兒說：「你有沒有對別的女人耍流氓？」

我愣了一下，大聲說：「胡說！」我走上去一步，高聲喊道：「不許問爸爸這種下流的問題！」

我的樣子一定嚇壞女兒了。她站到了樹的後面，緊抱著樹。過去她一遇威脅總是緊抱住我的大腿的。女兒淚眼汪汪的，依靠一棵樹防範著她的父親。我真想抽她的耳光，可又下不了手。我只有站在原地大口地呼吸。我一定氣糊塗了，我從一位遊客的手上搶過大哥大，立即叫通了我前妻的電話。

「你他媽聽好了，是我，」我說，「你對我女兒幹什麼了？」

妻在電話裏頭不說話。我知道她在微笑。我不由自主地又握緊了拳頭，當著所有動物的面我大聲說：「你對我女兒幹什麼了？」

「我嘛，」我的前妻說，「第一，宣傳；第二，統戰。你完了。你死透了。」

一九九八年第三期《灕江》

款款而行

我惶恐極了，我就弄不懂我在風塵女子的面前怎麼會這樣自卑。使我產生了作踐自己的欲望，但是我沒有藉口。我找不到藉口。問題嚴重了。

阿雞發了。他的目光在那兒。只有「發了」，你的目光才能那樣鬆散，目中無物，目中無人，看什麼東西都是視而不見的樣子。阿雞說話的時候眼珠子顯得很懶，但是移動，一會兒很緩慢地從左移向右，一會兒又很緩慢地從右移向左。天地良心，阿雞的眼睛不算好看，但是他的目光裏頭有錢。他的目光使他像一個偉人。十年不見，阿雞事實上已經是一個偉人了。

我不知道阿雞是怎麼找到我的。我們在我家的客廳裏十分隆重地見面了。阿雞走上來，伸出了他的大手，這時候他身後的小夥子咔嚓一下摁下了相機。小夥子是他司機，有時候也兼做攝影師或別的什麼。握完了手阿雞便笑，「嘿嘿嘿嘿」就是四下，後來我才知道，阿雞每一次都是這樣笑的，「嘿嘿嘿嘿」，一下不多，一下不少。

笑完了阿雞便慢騰騰地說：「我操。」

阿雞說「我操」可能就是通常人說「你好」的意思。

所以我也很有派頭地說：「我操。」

「操」完了，阿雞便坐下了。他陷在沙發裏頭，掏出他的香菸，扔一根給我。我說我不抽。阿雞說：「你小子還那樣。」阿雞一口氣吸了五根香菸，他總是用一根香菸的屁股去對另一根菸的火，對完了他就很深地吸一口，「嘿」四下，然後說：「你小子還那樣。」

阿雞這傢伙變化真是大了，他總是重複，重複一些動作，重複一些話，重複一種笑。許多東西在阿雞的舉止言談之間周而復始，在緩慢和平靜之中有一種迴環之美，有一種復沓之美。

「怎麼樣？」阿雞又這樣問我了。他已經這樣問了我四五遍了。我不知道什麼「怎麼樣」，只好「嗨」一聲，支吾過去。但後來我終於明白了，阿雞說「怎麼樣」並不是詢問我什麼，這只是阿雞的口頭禪，跟他「嘿嘿嘿嘿」和打一個酒嗝類屬同一性質。

一連抽了一個多小時的香菸過後，阿雞站起來了。他的肚子大極了，這樣高大魁梧的身軀頃刻間就使我的客廳顯得侷促。阿雞把雙手插進褲兜，邁開步伐十分宏大地往我的書房去。阿雞一定看到我書桌上的手稿了，回過頭來問我：「還在寫？出名了沒有？」阿雞的回頭動作使他回到了學生時代，那時候他就這樣的，每一個回頭動作都像雞那樣分解成兩三個段落，還一愣一愣的，所以我們都叫他「阿雞」。

我說：「出名了。郵局給我送退稿的都認識我。」

阿雞很開心地笑了四下。隨後又很開心地笑了四下。阿雞說：「我操。」阿雞想了想，又低聲說：「我操。」

阿雞很快轉移了話題，問我說：「老婆呢？」我說：「上班去了。」阿雞問：「孩子呢？」我說：「上學去了。」我隨即反過來問了阿雞一句：「你老婆呢？在家做什麼？」

「我？我老婆？」阿雞十分不解地盯住我，「我要老婆做什麼？」阿雞又笑，但這一次沒有聲音，只有大肚子在那裏一抖一抖。阿雞帶有總結性地輕聲說：「我要老婆做什麼。」

我聽出來了，天下所有的女人，阿雞喜歡誰就是誰。什麼叫財大氣粗，這就是。

阿雞的手機在這個時候響起來了。阿雞把頭仰到天花板上去，微笑著傾聽遠方的聲音。聽一會兒阿雞就說一句「我操」，再聽一會兒阿雞就再說一聲「我操」，阿雞最後笑一笑，長長地說：「我——操——」阿雞隨後就把手機關了。阿雞真的是發大了。發財發到一定的火候你就可以隨意操，從頭操到尾，從西操到東。

打完了電話阿雞就邀我到「資本主義」看看。阿雞十分親切地把聲色場所稱作資本主義。我當然希望能到資本主義去走一走，看一看。問題是，我得給老婆孩子做晚飯呢。阿雞沒有讓我猶豫，拉起我就往樓下走，真是不容分說。

阿雞打發了他的司機，親自駕著他的小車帶我去了六朝春。六朝春是我們這個城市的金粉之地，我們這個城市歷來就有「吃在六朝、醉在六朝、臥在六朝」之說，可見阿雞對我們這個城市比我還要熟悉。我們首先在二樓吃了一頓中餐。

這也是進入資本主義的首要工作。阿雞吃得很少，就著香菸喝酒，或者說，就著酒吸煙。有一道菜我特別喜愛，而菜名起得也分外香豔，叫「女兒樂」。我想一定有許多女士都喜歡這道菜的。阿雞看著我吃完了，莞爾一笑，說：「大補。你吃了一根驢鞭。」我靜下心來細心體會了一下，身上是有點熱，難怪叫「女兒樂」呢。

阿雞不停地喝。兩瓶啤酒下肚他的話也就開始多了。阿雞開始回顧他的發財史，他用「三起三落」為自己的發財史作了扼要概括。阿雞的眼珠子再也不懶散了，說到驚心動魄的地方他都有點像陳佩斯了。賊溜賊溜的，還躲躲藏藏的。阿雞說得太精采了。我都疑心他是不是打過好幾遍腹稿，而他的敘述也越來越藝術化、故事化，從「他」的身上游移開去了。一句話，他不像在回憶，而像在創造回憶。尤其令我不得其解的是，他說他在海南島遇上了幾個持槍歹徒，他開著他的小汽車飛車狂奔，後來車子翻了，在空中轉了五圈，而他居然沒受一點傷。我認為翻車是可能的，我在警匪片裏看過，翻車後不受一點傷也是可能的，警匪片裏的孤膽英雄大多數也不受傷。問題是在空中「轉了五圈」他是怎麼統計出來的。這絕對是高科技。

阿雞講完了他的「三起三落」，點上一根極品雲菸，「嘿嘿嘿嘿」又笑了那麼四下。阿雞說：「我就是這麼有錢的。」

按照吃、喝、玩、樂這個邏輯次序，我和阿雞在吃喝之後開始換地方玩樂去了。阿雞走進洗頭房的時候稱得上氣宇軒昂。他冷漠的目光從鏡子裏反彈回來，在那些姑娘的身上挑三揀四。我跟在阿雞的身後，形象猥瑣，馬臉癟腮，一身的寒酸氣，一句話，沒錢。我這種樣子是裝不出胖來的，臉打腫了也不行。阿雞在每個姑娘的臉上、胸脯和屁股上看了看，坐躺到椅子上去，對一個姑娘說：「喂，你。」後來那個姑娘就過去了。阿雞輕聲和她說了幾句什麼，姑娘咬著下唇只是笑，作羞怯狀。她的樣子在鏡子的深處差不多就是一個處女。阿雞後來便歪著嘴笑了，笑得又壞又帥，笑得又淫蕩又有錢。我傻站在門口，眼睜睜地看著阿雞站起身，半擁著姑娘走進另一間房。阿雞這小子不是東西，為了半晌貪歡，硬是把我這個四年的同窗好友晾到一邊去了。這時候走上來另一個姑娘，問我「怎麼弄」。我故作鎮靜，像阿雞那樣把雙手插進褲兜，那裏有我的錢包，我的錢。我不知道我那可憐的幾個錢在這裏能做什麼。我沒底。我說：「你們忙吧，我在這兒等我的朋友。」姑娘們真會說話，其中的一個說：「這成什麼了？這不成了他是皇上，你做太監了嘛？」你聽聽，我們的姑娘們對歷史掌故還是挺熟的。這時候另一個姑娘在我的耳邊輕聲說，「搞嘛，搞一搞十年少嘛。」

我承認我陷入了一個十分尷尬的境地。老實說，我渴望像阿雞那樣，「搞一搞」，你要是有良心你一定記得我吃了一大盤子的「女兒樂」。我發現讓我吃「女兒樂」很可能是阿雞的一個陰謀，我都急成這樣了，又掏不出錢來，現在又不是贈詩作畫的時代了，你說我除了做太監我還能做什麼？「女兒樂」在我的身體內部縱情地呼喊：你花錢吧，你花錢吧！

可是我沒有錢。我只能對自己說，忍忍吧兄弟，再堅持一會兒吧兄弟。

大約十來分鐘之後阿雞從那扇門後出來了。一副相當高興的樣子。我就弄不懂他怎麼這麼快就出來了。這也太倉促了。阿雞見到我之後有些吃驚，說：「你就一直乾等著？」我正了正面容，十分岸然地說：「那當然，我怎麼能做那種事。」

阿雞點了點頭，不住地微笑。這小子笑得越來越壞了。這小子是一口很深的井，不知道裏面有多少水。我就想早點離開這傢伙，我不知道再這樣折騰下去我能否把持得住，把持不住而又沒有經濟基礎做保障，難免要丟人現眼。

所以我說：「阿雞，不早了，我該回了。」

阿雞回過頭，像雞那樣，每個小動作都有一個休止符，看上去一愣一愣的。阿雞說：「你瞧瞧你，剛剛開始嘛。」

我說：「老婆孩子等我呢。」

阿雞笑笑，半假半真地說：「你沒那麼重要，回去了你又能做什麼？」我想想也是，回去了我又能做什麼？阿雞說：「我們到『重炮』去坐坐。」阿雞說走就走。在這些事情上阿雞稱得上雷厲風行。我們到了「重炮」我才發現，「重炮」是我們這個城市新近開張的一家迪廳，地處城郊結合部，來一趟也挺不容易的。阿雞坐下來之後點了啤酒，當然，也沒有忘記點姑娘，這一回阿雞做得比較明朗，他隨手招來了一位小姐，指著我對這位小姐說：「陪陪張老闆。」阿雞信口開河，我不僅改姓了「張」，還成了「老闆」。我注意到阿雞和他身邊的小姐已經親密異常了，都像數年不見今又重逢的老情人了。我身邊的小姐似乎已經看出來我不是老闆，便十分客氣地說：「張老闆做什麼生意？」我一下子就緊張了，連忙說：

「小買賣，小本生意。」這話好像也是從電影裏學來的。小姐又看了我一眼，我惶恐極了，我就弄不懂我在風塵女子的面前怎麼會這樣自卑。在我的眼裏她們一個個全是偉人。我就想離開她。沒想到阿雞離得比我還要快，他已經站起身擁著小姐往門外去了，連一句話也沒給我留下來。我身邊的小姐說：「張老闆不常到我們這裏玩吧？」我忙說：「是的是的，我出差過來，第一次，真是第一次。」小姐聽完了我的話愣愣地望著我，後來竟笑了，笑得慢極了，一點一點地露出牙齒，一點一點流露出風情。小姐伸出手拍了拍我的腮，說：「大哥你這就沒意思了，一口的城南腔，還硬逼著自己說普通話，還硬說自己是出差，大哥你沒勁，一點也不拿小妹當自己人。」我腦袋裏轟地一下，我羞愧難當，我就想把我的腦袋夾到褲襠裏去，我是多麼地無恥、卑鄙，我居然想欺騙這個世界，我居然拿小妹不當自己人。我就想摟住我的小妹，讓她好好和我睡上一覺，好好地淨化一下自己的靈魂。

但是我沒有錢。我知道，她們是不會免費拯救我的靈魂的。

我出汗了。我說：「你走吧，我不配讓你和我坐在一起。我實在不是東西。」

小姐又笑了。她斜著眼，搖著頭說：「一毛不拔？好歹我也陪你說了幾句話吧？少說你也得掏一張吧。」

一張我有。這點錢我還掏得出。我摸出錢包，仔細捻出一張百元現鈔，恭恭敬敬地交到小姐的手上。我不僅不敢做我想做的事，我還滿口胡言假裝體面。我痛心地發現，我在這個晚上實在褻瀆了我們的妓女，我破壞了她們的純潔性。

阿雞這小子又回來了。這小子總是在我備受煎熬的時候心滿意足地回來。阿雞說：「又讓你等了。」我拍拍阿雞的肩，告訴他沒事。我說：「我妨礙你了吧？每次都這樣，短、平、快。」

阿雞「嗨」了一聲，說：「意思意思，本來就意思意思。」

不管怎麼說，阿雞已經在兩個姑娘的身上撒過鈔票了，我想這個晚上他差不多可以收場了。但是阿雞一點都沒有回撤的意思，到了深夜零時，阿雞終於提議，去蒸一蒸桑拿吧。這個晚上我反正威風掃地了，丟兩次人和丟三次人在本質上是一樣的，所以我說：「我陪你到天明。」阿雞很滿意地笑了四下，說：「到底是老同學。」

深夜零時我和阿雞躺在桑拿小蒸籠裏。我們光著身子，過濃的水氣使我們身邊的一切更像深夜了。阿雞閉著眼，不時發出一些聲音，表示愜意或滿意。最氣人的是他襠裏的那個大玩意兒，鬆塌塌軟綿綿的，一副勞逸結合的智慧樣子。阿雞這傢伙什麼都不會落下，什麼都能攤上，這是阿雞的成功處，阿雞的過人處。

我向大石塊上潑了一些水，籠子裏的水氣更濃了，差不多能在視覺上使我和阿雞隔開了。水氣有時候是這樣一種東西，它使你呈現出一種虛假的自我封閉，如果不能讓你自省，則會提醒你自艾自憐。我被水氣包圍著，我知道我的體內有一股熱，一種力，一種焦慮，它們糾集在一起，使我產生了作踐自己的欲望，但是我沒有藉口。我找不到藉口。問題嚴重了。

阿雞和我都出了一身的汗。兩人的後背上沁出了許多巨大的汗珠，排列得井然有序。阿雞長嘆了一口氣，走出蒸籠，喜孜孜地說：「今天沒白過。」

我一點也沒有料到我和阿雞的事到現在為止只是一個序幕。我一點也沒有料到阿雞會選擇這個時候和我談最要緊的事。阿雞站在一只蓮蓬頭的下面，但是沒有放水，他雙手扠著他的腰，腳上沒有拖鞋，我們在深夜無人的時候全裸著身子開始了最後的對話。

阿雞說：「我今天找你其實不是玩，有一件正經八百的事。」

我說：「我能為你做什麼？」

阿雞說：「我想請你寫一本書，你怎麼寫我不管，得把我弄成一個大人物，像那麼回事。」

我說：「你到底想幹什麼？」

阿雞笑了起來，說：「財已經發了，想出名，想弄點名氣。」

我說：「算了吧，阿雞，有錢就行啦。」

阿雞眨巴著眼皮說：「你得把我弄成一個大人物，像那麼回事。」

我說：「我怎麼會？我怎麼弄？」

阿雞又笑，說：「這個隨你，價錢你只管開。——不要不好意思，不好意思就沒意思了。」

我咬住了下嘴唇，不知道說什麼好。

「開個價嘛。」阿雞說。

我得拒絕，這個毫無疑問，但問題是，我連價格都沒有弄清楚，一口拒絕了就有點盲目了。阿雞一定看出我的心思了，只顧嘿嘿地笑，把手搭在我的肩膀上往休息室裏去。我用一塊白色的大浴巾裹住，躺在了椅子上。阿雞說：「放鬆放鬆，放鬆完了咱們再談。」阿雞說完這句話便打了兩個響指，兩個姑娘便笑嘻嘻地從後門進來了。我甚至都沒有來得及說什麼，姑娘的十隻指頭已經像春風那樣飄拂過來了。——放鬆放鬆，在這種情況底下你說我如何放鬆？有些事你想放鬆也是身不由己的。我像通了電一樣坐起了身子，而阿雞已經開始打呼嚕了。這小子肯定是裝的，他不可能這麼快就入睡，他用這種方式輕而易舉地把我丟在一個無援的境地。我得承認，從昨天下午到現在，阿雞這小子給我下了一個套子。我呼地一下就鑽進來了。這小子毒。我的身體已經越來越緊張了，某些局部尤其是這樣。阿雞這小子毒。他是偉人。

一九九八年第七期《山花》

元旦之夜

離婚以來發哥第一次這樣靠近和仔細地打量他的前妻，前妻不只是白，而是面無血色。前妻坐在那兒，靜若秋水，但所有的動作彷彿還牽扯到某一處餘痛。

十二月三十一號下雪真是再好不過了。雪有一種很特殊的調子，它讓你產生被擁抱和被覆蓋的感覺，雪還有一種勸導你緬懷的意思，在大雪飄飛的時候，滿眼都是紛亂的，無序的，而雪霽之後，厚厚的積雪給人留下的時常是塵埃落定的直觀印象。雨就做不到這一點。雨總是太匆忙，無意於積累卻鍾情於流淌。雨永遠缺乏那種雍容安閒的氣質。上帝從不幹冬行夏令的事。想一想風霜雨雪這個詞吧，內中的次序本身就說明了問題。元旦前夕的大雪，必然是一年風雨的最後總結。

現在是一九九八年最後一個午後。雪花如期來臨，它們翩然而至。發哥接到了海口的長途電話。是阿煩，今年初春和發哥同居了二十六天的白領麗人。阿煩說了幾句祝願的話，後來就默然無息了。她的口氣有些古怪，既像了卻塵緣，又像舊情難忘。發哥後來說：「海口怎麼樣？還很熱的吧？」阿煩懶懶地說：「除了陽光燦爛，還能怎麼樣，——南京呢？」發哥順勢轉過大班椅，用左手的食指挑起白色百葉窗的一張葉片，自語說：「好大的雪。」阿煩似乎被南京的大雪擁抱了，覆蓋了，說：「真想看看雪。」發哥歪著嘴，無聲地笑。「你呀，」發哥說，「真是越來越小了。」

打完電話發哥拉起了百葉窗，點上一支菸，把雙腳翹到窗台上去，一心一意看天上的雪。發哥的辦公室在二十六樓，雪花看上去就越發紛揚了。發哥在一九九八年的最後一天沒有去想他的生意、債務，卻追憶起他的女人們來了。然而，她們的面容像窗外的雪，飄了那麼幾下，便沒了。發哥沿著阿煩向前追溯，一不留神卻想到他的前妻那裏去了。發哥是兩年半以前和他的妻子離的婚，說起來也還是為了女人。那時候發哥剛剛暴發，暴發之後發哥最大的願望就是睡遍天下所有的美人。發哥拿錢開道，一路風花雪月，打一槍換一個地方。發哥在家裏頭蔫，可到了外面卻捨得拚命，能挑千斤擔，不挑九百九。當然，婚姻是要緊的，妻子也是要緊的，對於發哥來說，所有性的幻想首先是數的幻想，男人就這樣，都渴望有一筆豐盛的性收藏。不幸的是，妻子發現了。發哥求饒，妻子說不。發哥惱羞成怒。發哥在惱羞成怒之中舉起了「愛情」這面大旗。婚姻這東西就這樣，只要有一方心懷鬼胎，必然會以「愛情」的名義把天下所有的屎盆子全部扣到對方的頭上。發哥剛剛在外面嘗到甜頭，決定離。這女人有福不會享，有錢不會花，簡直是找死！

離婚之後發哥不允許自己想起前妻。前妻讓他難受。難受什麼？是什麼讓他難受？發哥不去想。發哥不允許自己去想。一旦發現前妻的面龐在自己的面前搖晃，發哥就呼女人。女人會帶來身體，女人會把發哥帶向高潮。

現在，窗外正下著雪，發哥愣過神，決定到公司的幾間辦公室裏看一看。因為是新年，發哥提早把公司裏的人都放光了，整個公司就流露出人去樓空的寂寥與蕭索。所有的空間都聚集在一起，放大了發哥胸中的空洞。發哥回到自己的大班桌前，拿起大哥大，打開來，坐下來把玩自己的手機。前些日子這部該死的手機一直響個不停，到處都是債、債、債，到處都是錢、錢、錢，發哥一氣之下就把手機關了。倒是辦公室裏清靜，沒有一個債主能料到發哥在新年來臨的時候會把自己關在辦公室裏。發哥把大哥大握在手上，虛空之極，反而希望它能響起來，哪怕是債主。然而，生意人的年終電話就是這樣，來的不想，想的不來。發哥只好用桌上的電話打自己的手機，然後，再用自己的手機打桌上的電話。這麼打了兩三個來回，發哥自己也膩味了，順了手隨隨便便就在大哥大上摁了一串號碼，聽了幾聲，大哥大竟被人接通了。——「誰？」電話裏說。發哥的腦子裏「轟」地就一下，他居然把電話打到前妻的家裏去了。發哥剛想關閉，前妻卻又在電話裏頭說話了，「誰？」發哥的腦袋一陣發木，就好像前妻正走在他的對面，都看見了。發哥慌忙說：「是我。」這一開口電話裏頭可又沒有聲音了，發哥知道前妻已經聽出來了，只好扯了嗓子重複說：「是我。」

「我知道。」

「下雪了。」發哥說。

「我看得見。」

電話裏又沒動靜了，發哥咬住下唇的內側，不知道該說些什麼。慌亂之中發哥說：「一起吃個飯吧。」這話一出口發哥就後悔了，「吃個飯」現在已經成了發哥的口頭禪，成了「再見」的同義語。發哥打發人的時候從來不說再見，而是說，好的好的，有空一起「吃個飯」。

好半天之後前妻終於說：「我家裏忙。」

「算了吧，」發哥說，「我知道你一個人。——一起吃個飯吧。」

「我不想看到你。」

「你可以低了頭吃。」

「我不想吃你的飯。」

「AA制好了。」

「你到底要做什麼？」

「元旦了，下雪了，一起吃個飯。」

前妻徹底不說話了。這一來電話裏的寂靜就有了猶豫與默許的雙重性質。當初戀愛的時候就是這樣的，發哥去電話，前妻不答應，發哥再去，前妻半推半就，發哥鍥而不舍，前妻就不再吱聲了，前妻無論做什麼都會用她的美好靜態標示她的基本心願。發哥就希望前妻主動把電話扔了。然而沒有。卻又不說話。發哥只好一竿子爬到底，要不然也太難看了。發哥說：「半個小時以後我的車在樓下等你，別讓我等太久，我可不想讓鄰居們都看見我。」說完這句話發哥就把大哥大扔在了大班桌上，站起來又點上一根菸，猛吸了一口，一直吸到腳後跟。——這算什麼？你說這叫什麼事？發哥撓著頭，漫天的大雪簡直成了飄飛擾人的頭皮屑。

前妻並不像發哥想像的那麼糟糕。前妻留了長髮，用一種寧靜而又舒緩的步調走向汽車。前妻的模樣顯然是精心打扮過的，黃昏時分的風和雪包裹了她，她的行走動態就越發楚楚動人了。兩年半過去了，前妻又精神了，漂亮了。發哥隔著擋風玻璃，深深吁了一口氣。離婚期間前妻的遲鈍模樣給發哥留下了致命的印象。那是前妻最昏黑的一段日子，發哥的混亂性史和暴戾舉動給了前妻一個措手不及，一個晴空霹靂。發哥在轉眼之間一下子就陌生了，成了前妻面前的無底深淵。對前妻來說，離婚是一記悶棍，你聽不見她喊疼，然而，她身上的絕望氣息足以抵得上遍體鱗傷與鮮血淋淋。離婚差不多去了前妻的半條命。她在離婚書上簽字的時候通身飄散的全是黑寡婦的喪氣。發哥曾擔心會有什麼不測，但是好了，現在看來所有的顧慮都是多餘的，所有的不安都是自找的。前妻重又精神了，漂亮了，——精神與漂亮足以說明女人的一切問題。發哥如釋重負，輕鬆地打了一聲車喇叭。當然，前妻這樣地精心打扮，發哥又產生了說不出來路的惶恐與不安。發哥欠過上身，為前妻推開車門，前妻卻走到後排去了。前妻沒有看發哥，一上車就對著一個並不存在的東西目不轉睛，離過婚的女人就這樣，目光多少都有些硬，那是她們過分地陷入自我所留下的後遺症。發哥的雙手扶在方向盤上，對著反光鏡打量他的前妻，失神了。直到一個騎摩托的小夥子衝著他的小汽車不停地摁喇叭，發哥才如夢方醒。發哥打開了汽車的發動機和雨刮器，掉過頭說：「到金陵飯店的璇宮去吧，我在那兒訂了座。」

雪已經積得很深了，小汽車一開上大街，積雪就把節日的燈光與色彩反彈了回來。發哥說：「開心一點好不好？就當做個夢。」

璇宮在金陵飯店的頂層，為了迎接新年，璇宮被裝飾一新，既是餐廳，又像酒吧。地面、牆壁、餐具、器皿和桌椅在組合燈的照耀下乾乾淨淨地輝煌。璇宮裏坐滿了客人，每個人的臉上都是新年來臨的樣子。發哥派頭十足，一坐下來就開始花錢。這些年他習慣於在女人的面前一擲千金。不過，當初他在妻子的面前倒沒有這樣過。妻子清貧慣了，到了花錢的地方反有點手足無措，這也是讓發哥極不滿意的地方。然而，這個滴酒不沾的女人一反往日的隱忍常態，剛一落坐就要了一杯XO。發哥笑起來，哪有飯前就喝這個的，發哥轉過臉對服務生說：「那就來兩杯。」

發哥望著窗外，雪花一落在玻璃上就化了，成了水，腳下的萬家燈火呈現出流動與閃爍的局面，抽象起來了，斑駁起來了。節日本來就是一個抽象的日子，一個斑駁的日子。發哥點上菸，說：「這些年過得還好吧？」前妻沒有接腔，卻把杯子裏的酒喝光了，側過頭對服務說：「再來一杯。」發哥愣了一下，笑道：「怎麼這麼個喝法？這樣容易醉的。」前妻也笑，笑得有些古怪，無聲，一下子就笑過頭，然後一點一點地往裏收，把嘴唇撮在那兒，像吮吸。前妻終於開口和發哥說話了，前妻說：「夢裏頭喝，怎麼會醉。」

窗外的風似乎停了，而雪花卻越來越大，肥碩的雪花不再紛飛，像舒緩的墜落，像失去體重的自由落體。雪花是那樣的無聲無息，成了一種錯覺，彷彿落下來的不是雪花，飄上去的倒是自己。雪花是年終之夜的懸浮之路，路上沒有現在，只有往昔。

發哥望著他的前妻，離婚以來發哥第一次這樣靠近和仔細地打量他的前妻，前妻不只是白，而是面無血色。她的額頭與眼角布上了細密的皺紋。前妻坐在那兒，靜若秋水，但所有的動作彷彿還牽扯到某一處餘痛。寒暄完了，發哥的問話開始步入正題。發哥說：「找人了沒有？」話一出口發哥就吃驚地發現，前妻讓他難受的地方其實不是別的，而是「找人了沒有」。只要有一個男人把前妻「找」回去，發哥僅有的那一分內疚就徹底化解了。有一句歌是怎麼唱的？「只要你過的比我好，一直到老」，發哥就什麼事也難不倒，永遠在外頭搞。發哥這麼想著，腦海裏頭卻蹦出了許多與他狂交濫媾的赤裸女人。發哥覺得面對自己的前妻產生如此淫亂的念頭有點不該，但是，這個念頭太頑固、太鮮活，發哥收不住。發哥只好用一口香菸模糊了前妻的面龐，抓緊時間在腦海裏頭跟那些女人「搞」。發哥差不多都能感受到她們討好的扭動和誇張的喘息了。

前妻沒有回答。這讓發哥失望。發哥知道她沒有，但是發哥希望得到一個僥倖、一分驚喜。發哥等了好大一會兒，只好挪開話題。發哥說：「過得還好吧？」發哥說：「我知道你還在恨我。」發哥說這些話的時候一直注視著前妻，但前妻的臉上絕對是一片雪地，既沒有風吹，又沒有草動。發哥難過起來，低下頭去只顧了吸菸，發哥說：「當初真是對不起你。我是臭狗屎。我是個下三爛。」

前妻說：「我已經平靜了。」前妻終於開口說話了，她的臉上開始浮現出酒的酡紅，而目光也就更清冽了，閃現出一種空洞的亮。前妻說：「真的，我已經平靜了。把你忘了。」

「你該嫁個人的。」發哥說，「你不該這樣生活，」發哥說，「你應該多出來走走，多交一些朋友，別老是把自己悶在家裏。」發哥說，「好男人多得是。」發哥說，「你應該多出來走走，多交一些朋友，別老是把自己悶在家裏，——缺錢你只管說。」

前妻望著她的前夫，正視著她的前夫，眼裏閃現出那種清冽和空洞的亮。前妻端著酒杯，不聲不響地笑。

發哥瞄了一眼前妻臉上的笑，十分突兀地解釋說：「我不是那個意思。」但發哥自己也不知道自己所說的「意思」到底是什麼意思，只好抿一口酒，補充說：「我不是那個意思。」

發哥說：「你還是該嫁個人的。」

「你就別愁眉苦臉了，」前妻說，「你就當在做夢。」

發哥說：「缺錢你只管說，你懂我的意思。」

夜一點一點地深下去，新年在大雪中臨近，以雪花的方式無聲地降臨。發哥的手機響起來，發哥把手機送到耳邊，半躺了上身，極有派頭地「喂」了一聲。電話是公司的業務員打來的，請示一件業務上的事。發哥對著前妻欠了一下上身，拿起大哥大走到入口的那邊去了。發哥在入口處背對著牆壁打起了手勢，時而耳語，時而無奈地嘆息。他那種樣子顯然不是接電話，而是在餐廳裏對了所有的顧客做年終總結報告。後來發哥似乎動怒了，政工幹部那樣對著大哥大訓斥說：「你告訴他，就說是我說的！」電話裏頭似乎還在嘀咕，發哥顯然已經不耐煩了，高聲嚷道：「就這麼說吧，我在陪太太吃飯，——就這麼說吧，啊，就這麼說！」發哥說完這句話就把大哥大關了，通身洋溢著威震四海的嚴厲之氣。發哥回到座位，一臉的餘怒未消。發哥指著手機對前妻抱怨說：「真是越來越不會辦事了，——對那幫傢伙怎麼能手軟？你說這生意還怎麼做？——總不能什麼事都叫我親自去！」發哥說這話的時候彷彿這裏不是飯店，而是他的臥室或客廳，對面坐著的還是他的妻子。前妻面無表情，只是平靜地望著他。前妻的表情提醒了發哥，發哥回過頭，極不自在地咬住了下嘴唇的內側，文不對題地說：「生意越來越不好做了。」

但是，剛才的錯覺並沒有讓發哥過分尷尬，相反，那一個瞬間生出了一股極為柔軟的意味，像一根羽毛，不著邊際地拂過了發哥。發哥怔了好半天，很突然地伸出手，捂在了前妻的手背上。前妻抽回手，說：「別這樣。」前妻瞄了一眼四周，輕聲說：「別這樣。」發哥聽著前妻的話，意外地傷感了起來，這股傷感沒有出處，莫名其妙，來得卻分外凶猛，剎那間居然把發哥籠罩了，發哥兀自搖了一回頭，十分頹唐地端起了酒杯，端詳起杯裏的酒，發哥沉痛地說：「這酒假。」

發哥開始後悔當初的魯莽，為什麼就不能小心一點？為什麼就讓妻子捉住了把柄？如果妻子還蒙在鼓裏，那麼，現在家有，女人有，真是裏裏外外兩不誤。發哥的女人現在多得連他自己也記不清了。然而，女人和女人不一樣，性和性不一樣。發哥拚命地找女人，固然有獵豔與收藏的意思，但是，發哥一直渴望再一次找回最初與妻子「在一起」時那種天陷地裂的感受，那種手足無措，那種羞怯，那種從頭到腳的苦痛尋覓，那種絮絮叨叨，那種為無法表達而淚流滿面，那種笨拙，那種哪怕為最小的失誤而內疚不已，那種對暱稱的熱切呼喚，那種以我為主卻又毫不利己，那種用心而細緻的鑽研，像同窗共讀，為新的發現與新的進步而心領神會。——沒有了，發哥像一只輪胎，在一個又一個女人的身軀上疾速奔馳，充了氣就洩，洩了氣再充，可女人是夜的顏色，沒有盡頭。

發哥用手托住下巴，交替著打量前妻的兩隻耳垂，XO使它們變紅了，透明了，放出茸茸的光。發哥的眼裏湧上了一層薄薄的汁液。既像酒，又像淚；既單純，又淫蕩；既像傷痛，又像渴望。發哥就這麼長久地打量，一動不動。發哥到底開口說話了，儘管說話的聲音很低，然而，由於肘部支在桌上，下巴又撐在腕部，他說話的時候腦袋就往上一頂一頂的，顯得非同尋常。發哥說：「到我那裏過夜，好不好？」前妻說：「不。」發哥說：「要不我回家去。」前妻微微一笑，說：「不。」發哥說：「求求你。」前妻說：「不。」

雪似乎已經停了，城市一片白亮，彷彿提前來到的黎明。天肯定晴朗了，藍得有些過，玻璃一樣乾淨、透明，看一眼都那樣的沁人心脾。發哥和前妻都不說話了，一起看著窗外，中山路上還有許多往來的車輛，它們的尾燈在雪地上斑斕地流淌。前妻站起身，說：「不早了，我該回了。」發哥眨了幾下眼睛，正要說些什麼，手機這時候偏又響了。發哥皺起眉頭剛想接，卻看見前妻從包裏取出了大哥大。前妻歪著腦袋，把手機貼在耳垂上。前妻聽一句，「嗯」一聲，再聽一句，又「嗯」一聲，臉上是那種幸福而又柔和的樣子。前妻說：「在和以前的一個熟人談點事呢。」「以前的熟人」一聽到這話臉上的樣子就不開心了，他在聽，有意無意地串起前妻的電話內容。刨去新年祝願之外，發哥聽得出打電話的人正在西安，後天回來，「西安」知道南京下雪了，叫前妻多穿些衣服，而前妻讓「西安」不要在大街上吃東西，「別的再說」，過一會兒前妻「會去電話的」。

發哥掐滅了菸頭，追問說：「男的吧？」

前妻說：「是啊。」

發哥說：「熱乎上了嘛。」

前妻不答腔了，開始往脖子上繫圍巾。發哥問：「誰？」

前妻提起大衣，掛在了肘部，說：「大龍。」

發哥歪了嘴笑。只笑到一半，發哥就把笑容收住了，「你說誰？」

前妻說：「大龍。」

大龍是發哥最密切的哥們，曾經在發哥的公司幹過副手，那時候經常在發哥的家裏吃吃喝喝，半年以前才出去另立門戶。發哥的臉上嚴肅起來，厲聲說：「什麼時候勾搭上的？——你們搞什麼搞？」發哥站起身，用指頭點著桌面，宣布了他的終審判決：「這是絕對不可以的！」

發哥旁若無人。前妻同樣旁若無人，甚至連發哥都不存在了。前妻開始穿大衣，就像在自家的穿衣鏡面前那樣，翹著小拇指，慢吞吞地扭大衣的鈕釦。隨著手腕的轉動，前妻的手指像風中的植物那樣舒展開來了，搖曳起來了。前妻手指的婀娜模樣徹底激怒了發哥，他幾乎看見前妻的手指正在大龍赤裸的後背上水一樣忘我地流淌。一股無名火在發哥的胸中「呼」地一下燒著了。發哥怒不可遏，用拳頭擂著桌面，大聲吼道：「你可以向任何男人叉開大腿，就是不許對著大龍！」餐廳裏一下子就靜下來了，人們側目而視，繼而面面相覷。人們甚至都能聽得見發哥的喘息了。前妻的雙手僵在最後一顆鈕釦上。目光如冰。整個人如冰。而後來這塊冰卻顫抖起來了。前妻拿起剩下的ＸＯ，連杯帶酒一同扔到發哥的臉上。由於顫抖，前妻把酒灑在了桌上，而杯子卻砸在窗玻璃上去了。玻璃在玻璃上粉碎，變成清脆的聲音四處紛飛。餘音在繚繞，企圖掙扎到新年。

發哥追到大廳的時候前妻已經上了出租車了。發哥從金陵飯店出來，站在漢中路的路口。新年之夜大雪的覆蓋真是美哦。大雪把節日的燈光與顏色反彈回來，——那種寒氣逼人的繽紛，那種空無一人的五彩斑斕。

一九九九年第二期《天涯》

與阿來生活二十二天

阿來這丫頭的心中裝滿了千百種女人，唯獨沒有她自己。她像水一樣把自己裝在想像的瓶子裏，瓶子的造型就是她的造型。這樣純天然的水性我們這一代人是不具備的。由於寒冷，我們被結成了冰。我們的生硬體態只表明了溫度的負數。

二黑這小子進去了兩年，出來的時候人反而精神了。隨便往哪兒一坐都威風凜凜的。華哥給他接風的那天他喝了很多酒，大概有一斤上下，四五種牌子，兩三種顏色，最後又用兩瓶啤酒清了清嗓子。那一天好多人都趴下了，二黑卻穩如磐石。他一杯又一杯地往下灌，臉上還掛著說不上來路的微笑。他臉上的顏色一點也沒變，倒是額頭上的那塊長疤發出了酒光。進去的時候二黑的額頭上沒有疤，現在有了。一斤酒下肚，二黑額上的長疤安安靜靜地放著光芒。我們輪番向二黑敬酒，他並不和我們乾杯，我們的意思一到他就痛快地把酒灌下去。

華哥那一天好像多喝了兩杯。人比平時更爽朗了。他當著大夥的面高聲說，他決定把上海路上的333酒吧丟給二黑，每個月交給他幾個水電費就拉倒了。華哥有錢，他不在乎333酒吧的那點零花。不過華哥肯把333酒吧丟給二黑，多少表明了二黑的面子。333酒吧可是有名的，藝術家們弄女人大多在那兒。女人們想上藝術家的床，不在333酒吧走一遭是難以實現她們的理想的。二黑這小子有福，一出來就能掙上很體面的錢，等頭髮和鬍子的長度都到位了，他當然也就成了藝術家。

我一直忙，接下來的好幾個月都沒有和二黑聯繫。有一天深夜，大約兩三點鐘吧，二黑突然呼我，讓我過去坐坐。我正在鄉下，為文化館拍攝一組宣傳照片，離城裏有好幾個小時汽車的路程呢。我只能告訴他去不了。不過我從電話的背景聲響上知道二黑的酒吧生意不錯。我說改日吧。二黑說：「改日？」二黑用老闆兼藝術家的腔調對我說：「改日就改日吧。」

一晃又是好幾個月。城裏頭的日子經不起過，這個大夥兒都知道。我突然想找個地方一個人坐坐。都已經是晚上十一點多鐘了。我想起333。十一點鐘正是333的早晨，是一天剛開始的時候。我一進333就被名貴菸酒的氣味裹住了。許多藝術家的眼珠子正在這裏閃閃發光。我到後間和二樓找了一通二黑。他不在。其實這樣更合我的心意。我找了一張空台坐下來，開始喝。我喜歡這個地方。我喜歡看藝術家的長相，他們的頭髮、鬍子。我還喜歡聽藝術家的笑。

大約在深夜零時，也就是一個日子與另一個日子相交接的性感時刻，一個漂亮的丫頭走進了333。這絕對是個丫頭，不是已婚女人。和我一樣，她到後間的門口張望了片刻，隨後就在樓梯邊上的台子上坐下來了，也就是我的台子。她氣呼呼的，可能在生什麼人的氣。她叉著兩條腿，不停地用舌尖舔上唇和門牙。後來男招待端上來一杯東西，看樣子大概是西洋酒。這丫頭一定是常客，她和333有默契。再後來我們就對視了。因為我一直在看她。這丫頭犟，她以為我會把目光讓開去，可是我不，她就那麼盯著我。

「看什麼?」

我笑笑，說：「看看。」

「沒看過?」

我說：「沒看過。」

這丫頭就是阿來。一個小我十四歲的新派丫頭，言談舉止讓我覺著自己舊。

我們在一個日子與另一個日子相交接的性感時分相識在333。後來我們又換了兩個酒吧。到了凌晨三時四十五分，我們的手指已經長在對方的指縫裏了。我們喝了一夜，天快亮的時候，酒吧裏除了菸味和酒氣之外，已經沒有什麼人了。阿來開始向我敘述她的生活理想。她說她只熱愛兩件事：第一，性愛；第二，麻將。阿來說，只要有這兩樣東西，生活其實就齊了。這丫頭是個注重個人體驗的人，這丫頭一定還是一個害怕獨處的人，所以她「只」熱愛性愛與麻將。這是兩項極端個人化的集體活動。

阿來說，她就希望兩三天能摸一回麻將，兩三天能享受一次穩定的、持久的、高質量的性愛。「這樣就好。」阿來叼著紅櫻桃對我說，「這就是我的英特納雄耐爾。」

這丫頭是個騷貨。這很教我著迷。我的同代人中很少有這樣的天才騷貨。後來的事實證明了這一點。我喜歡她在床上的奔放風格。她能把床上的一切都上升為行為藝術。她是不留落腮鬍子的藝術家。這孩子肯定和許多男人上過床，要不然她不可能這樣。我說：「別整天在酒吧裏泡了，和我待在一起吧。」我一定是忘形了，居然說了一句又酸又臭的話。我說：「我們戀愛吧。」阿來斜了我一眼，歪著嘴角挖苦我說：「醜不醜？難聽死了。」我很不好意思。好在我還算沉著。我拍了拍她的屁股，說：「就這麼說吧，別再往別的男人床上爬了。」阿來一摺頭髮，弄得像做洗髮水廣告似的，反問說：「憑什麼呀我？」我說：「就這麼說吧。」

我終於在四牌樓租了一套單居室住房，我和阿來就這樣生活在一起了。為了表明我對阿來的珍惜，我決定為我們買一張紅木床，誰讓我們這樣喜愛床上的事呢。但是阿來反對。阿來說：「床上的事，精采的是人，不是床。」我說：「我總得為你花點錢吧，好歹也是個意思。」阿來脫口說：「誰不讓你花錢了？買一套最高檔的紅木麻將桌嘛。」我就知道這丫頭不省油。麻將桌是買回來了，但是我有點彆扭，家徒四壁，除了一張席夢思，就是價值上萬元的麻將桌。這有點過，有點不著四六。然而，這正是阿來的風格，大處可以馬虎，全局可以馬虎，所熱中的細節卻必須完美。

這丫頭是一匹母馬，她在奔跑的時候認定了她的尾巴比四隻蹄子更重要。

當然，我美化了我們的環境。我為我的阿來拍了近十卷彩照。我把相片放大了，掛在牆上。阿來的各種表情和肌膚掩蓋了牆面的駁離。阿來在牆體上千姿百態，又浪蕩又聖潔，又破鞋又處女。這丫頭經得起拍。她有無數的瞬間心情與瞬間欲念。她的心中裝滿了千百種女人，唯獨沒有她自己。我甚至認為這世上其實沒有阿來這丫頭，她像水一樣把自己裝在想像的瓶子裏，瓶子的造型就是她的造型，瓶子的顏色就是她的顏色。這樣純天然的水性我們這一代人是不具備的。由於寒冷，我們被結成了冰。我們的生硬體態只表明了溫度的負數。阿來是流淌的，阿來是淙淙作響的，阿來是捲著漩渦的。如果說，人不能踏進同一條河流，我要說，我不能和同一個阿來做愛。這個小騷貨實在太迷人了。

我還想重點介紹我的一幅攝影作品，那是我用 B 門為阿來在燈下拍攝的。由於感光的時間長達一秒，我要求阿來靜止不動。但是，她的手閒不住。她不停地用雙手在腦後撂頭髮。照片出來的時候她的臉龐似嬌花照水，安嫻而又靜穆，然而雙手與頭髮卻糊成了一片。她的十隻指頭幾乎燃燒起來了，而頭髮也成了火焰。照相機是從來不說謊的。我只能說，阿來不只是水，她還是燃燒與火焰。我把這幅相片放大到三十四英寸，掛在我們的床前。由於這幅照片，阿來在高潮臨近的時候不是說「我淹死你」，就是說「我燒死你」。我喜歡我們的水深與火熱。

我們的好日子只持續了二十二天。

我們同居的第二十二天是星期六，依照常規，星期六的下午阿來的舅舅又打麻將來了。阿來的舅舅做外裝潢生意，有數不盡的錢。他的一舉一動包括輕輕一笑都透射出大款的派頭，有點像電視劇裏的黑社會老大。我注意過歐美電影，歐美電影裏的有錢人一個個都像哲學教授，而我們的舅舅一有錢就成了黑老大了。這滿好玩的。我和阿來都喜歡黑老大舅舅，他每次帶了司機過來其實不叫打牌，而是輸錢。黑老大舅舅在大把輸錢的時候面目十分慈善。所有的黑老大都覺得輸錢是一種風度，一種美。

我們和黑老大舅舅圍著紅木麻將桌坐下來，一摞一摞地碼牌，再一張一張地出牌。我們的桌面上沒有鋪墊子，我們追求並且喜愛骨牌拍在紅木桌面上所產生的那種效果：決然，清脆，大義凜然，義無反顧。而最迷人的當數和牌，尤其在門清的時候，一排充滿了骨氣的骨頭十分傲岸地倒下去，這一倒也叫攤牌，骨頭們在紅木桌面上蹦蹦跳跳的，愉悅，卻不張狂。

這個晚上，我的手氣背極了。更要命的是，我不停地走神。我不停地想起與麻將無關的事。比方說紅木。我記起了我的同事小竇，這個受過高等教育的廣西人居然把紅木上升到了歷史文化和東方審美的高度，他說，由於明朝皇帝對紅木的病態迷戀，紅木在中國經歷了明清兩代早就不是植物了，它漢化了，墮落了，成了中國人的病。時間是一把斧頭，把明代以後的所有疾病都打進了紅木。我就這麼開著小差，居然忘記了摸牌，眼睜睜地做起了相公。但是阿來機靈，她把牌攤在紅木桌面上，輕描淡寫地說：「和了。」我瞄了一眼阿來的牌，她詐和。她在詐和的時候居然也能夠這樣氣閑神定。舅舅看也沒看，用手背把面前的牌撣開去，笑著說：「皇帝是假，福氣是真。」舅舅叼著菸，瞇著眼問阿來：「幾個花？」隨後便掏錢。

十一點鐘不到黑老大舅舅就把他的錢輸光了。他心滿意足地站起身，準備走人。我和阿來都沒有留他的意思，順了他的意送他下樓。下樓的時候阿來挽著她舅舅的手，小腦袋還依偎到他的胸前，弄得跟一對老夫少妻似的。到了樓下阿來踮起了腳跟，在黑老大舅舅的腮幫子上親了半天。阿來這丫頭逮住誰都會小鳥依人，不管是三叔還是四舅。還是黑老大舅舅中止了她的膩歪，他用大手拍了拍阿來的屁股蛋子，拖聲拖氣地說：「好啦，好啦。」

手裏有了錢，我們決定到酒吧裏再坐上兩三個小時，反正明天是星期天。我說：「我們去３３吧。」阿來怔了一下，脫口說：「不去。」這不是阿來的風格。我說：「去吧，我正好去看一個兄弟。」阿來說：「換一個地方。」我說：「怎麼啦？又不是找情人。」這話一出口我就後悔了，這句話說不定會讓阿來不高興的。出乎我的意料，阿來居然笑了，說：「換酒吧當然就是換情人。」阿來說完這句便把十隻指頭叉在一起，放在腹部，說：「我過去在３３有個情人，還沒了斷呢。」我靜了一會兒，批評阿來說：「這就是你的不對了，在特定的歷史時期內，我堅決反對兩個蘿蔔一個坑。」阿來很有風情地斜了我一眼，說：「可是你自己插進來的。」我說：「那傢伙怎麼樣？」阿來說：「還行，就是脾氣大了點。——進去過，挺酷。」我的頭皮一陣發緊，連忙問：「是二黑吧？」阿來不解地眨巴了幾下眼睛，反問我「你偷看我call機了？」

「你他媽怎麼不早說！」我突然高聲叫道，「我們是十多年的仗義兄弟。」

「喊什麼?」阿來說,「喊什麼?」阿來輕描淡寫地說,「是你半路上攔截了你仗義兄弟的女人,又不是我。」

媽拉個巴子的。你說這是什麼事。我把頭側到左邊去,窗外霓虹燈的燈管正一組連著一組地閃爍。事情都這樣了,我不知道霓虹燈還在那兒添什麼亂。媽拉個巴子的。

問題嚴重了。我要說,問題已經相當嚴重了。我和二黑是十幾年的仗義兄弟,都稱兄道弟十多年了。兄弟們在一起的時候是怎麼說的?「兄弟的女朋友,最多摸奶頭,不能上枕頭」,這話其實就是「朋友妻不可戲」的現代版本。你讓我如何在兄弟們面前見人?

我們沒有去333。我們吵完了架就上床了。阿來在床頭上方的照片裏望著我,一隻眼裏是水,另一隻眼裏是火。而身體的阿來就在我的身邊。我們不說話。不說話的關係才是男人和女人最真性的關係。我把手指叉進阿來的指縫,腦子裏全是二黑。他額上的傷疤在我的記憶深處放射著酒光。我和阿來對視,打量了好大一會兒。後來我便把阿來扒光了。她不呼應,不反抗。她的樣子就好像我們在打麻將。她是白皮，我是紅中。

在這個晚上我的身體沒有能夠進入那種穩定、持久、高質量的能動狀態。在某一個剎那，我認定了我並不是我。這讓我難過。我忙了半天，結果什麼也幹不了。真是發乎情，止乎身體。

阿來的話就更傷人了。阿來說：「沒有金剛鑽，不要攬瓷器活。」

我必須和二黑談一次。為了仗義，我也應當和我的兄弟談一次，否則我沒臉見我的兄弟們。二黑當初就是為了兄弟們才進去的。他仁，我不能不義。

走到333的門口我又猶豫了。我承認，這件事並不好開口。還有一點我必須有所準備，我們動起手來怎麼辦？二黑的腦子慢，然而拳頭比腦子快。他是男人，問題在於，我也是。他動手了我就不能不動手。更何況我不想放棄阿來。即使為了性，我也會拚命。二黑一定和阿來上過床，他懂。

權衡再三我決定給二黑去個電話。我走到馬路對面，站在IC卡電話機的旁邊就可以看見333的吧台。雖然隔了一層333酒吧的玻璃，我還是清晰地看見了二黑。這個電話打起來真是怪，我的眼前是無聲的現實場景，而耳朵裏卻是二黑的同期聲。差不多是一部電影了。我看見一個女招待把電話遞給了二黑。二黑的頭髮長了，而鬍子更長。

「誰？」二黑在吧台邊上動起了嘴巴，在電話裏說。

「是我。」我說。

二黑在電話裏「哎呀」了一聲，沒有說「狗日的你死哪兒去了」。二黑說：「怎麼沒你的動靜，忙什麼呢？」二黑這小子文雅了，不僅說話的口氣開始像藝術家，連做派也是。

「我把阿來接到我那兒住了。」我說。話一出口我自己就吃了一驚。剛才我打過腹稿的，先虛應幾下，再慢慢步入正題。可是我一見到二黑我就不好意思了，做不出，也說不出。我一下子就把事情端了出來。

「哪個阿來？」二黑的身影機警起來。

「就是那個阿來。」我說。說完了我就把電話掛了，我不情願和我的仗義兄弟在電話裏大吵。隔了玻璃，我看見二黑也掛了電話。他走到玻璃窗前，雙手扠腰間。我看到二黑的下嘴唇歪到左邊去了。這是一個相當具有殺傷性和危險性的信號。隨後二黑兀自搖了幾下腦袋，陰著臉，走到後間去了。

我知道二黑不會放過我。我有數。我會等待那一天。不過我還是輕鬆多了，至少我沒有欺騙我的仗義兄弟。這一點至關重要。

二黑的反應如此之快，我有些始料不及。剛過了兩天，也就是四十八小時，二黑就約我去吃晚飯了。請人吃飯往往是復仇的套路，著名的鴻門宴就開始了。二黑約我到三岔河去，那是郊區。那種地方除了能暗算一個朋友，我不知道還能吃些什麼。我知道，我的麻煩已經來了，比預想的要迅猛得多。凌厲、乾淨，這正是二黑的風格。

吃飯是五點。而我接到呼機已經臨近下午三點了。兩個小時，我有許多事情要做。我決定先把阿來呼回來。我得好好和她做一回愛。我特別想這樣。晚上的事我是沒法預料後果的，也許我會躺到醫院去。但是現在，我應當和阿來彼此享受一下身體，那種吮吸，以及那種噴湧。阿來回來的時候顯得很不開心，她正在逛街，我硬是把她呼回來了。阿來一進門我就把她抱緊了。她沒有準備。她不知道我這刻兒的心情有多壞。阿來說：「怎麼回事嘛，我還在買衣裳。」我說：「女人為什麼買衣裳？」阿來沒好氣地說：「穿唄。」我告訴她：「不，是為了給男人脫。」

在這個下午，我們藉助於對方的身體天馬行空。我們折騰得半死。我感覺到了空，身體是這樣，而心情更是這樣。我光著身子躺在床上，對阿來說：「我晚上有點事。晚飯你一個人吃。」阿來又不高興，說：「那我找舅舅打牌去。」我說：「好好玩，把好心情贏回來。」

阿來離開之後我開始精心準備。我穿上了牛仔褲，牛仔上衣。那條最寬的牛皮褲帶我也得用上。還有高幫皮鞋。這些東西對我都有好處。讓我猶豫不決的是那把蒙古匕首，猶豫再三我還是把它插進了褲帶的內側。如果二黑只是揍我，我會忍著。我欠他一頓，這沒說的。不過，要是有人對我下毒手，我總得有一把刀子保命。命不能搭進去，這是原則。我把一切準備妥當，打開門出去。就在離家的時候我突然發現，滿屋子都洋溢著阿來的氣味。這讓我有一種說不出的難受。

五點鐘，我準時在三岔河大街與二黑會面。到了這個時候我反而平靜了。二黑也是。二黑拍了拍我的肩膀，把我帶進了一家很髒很大的麵條店。二黑為我們要了兩碗麵。等待的時候二黑不時地東張張西望望。我警惕起來，也開始東張張，西望望。

「你知道我叫你來幹嗎？」二黑這樣問我。

「知道。」我說。

「華哥都對你說了？」二黑說。

我不知道二黑在說什麼。這小子進去過，現在也學會繞彎子了。我真不知道他在說什麼。

「這兒剛開發，」二黑說，「華哥想把這間房子買下來，開一家666吧。你是擺弄相機的，給我規劃規劃。」

我斜了二黑一眼，說：「這個容易。」

這頓麵條我們吃了近四十分鐘，我們的話題一直沒有離開這間又髒又大的房子。我們談了地勢，結構，大門的朝向，色調，一切都是因地制宜的。談完了，我們上了出租車。出租車開到上海路的時候，二黑拉我到333喝酒。我決定下車，說：「改日吧，阿來等我呢。」二黑一臉恍然大悟的樣子，說：「那就改日吧。」

我下了車。站在路燈底下。直到這個時候我才確信，這個晚上二黑不是裝的。這個鳥男人簡直不是二黑。二黑進去之前絕對不這樣。他一定會把我揍得金光四射。我站在路燈底下，回頭看看，滿大街都是紅色夏利出租車，燈光閃閃，我不知道哪一個是二黑。我寧可不還手，讓二黑痛痛快快地揍一頓，那也比這樣好。我欠揍，你知道吧。我他媽真欠揍。我這麼大聲叫著，一不小心就碰上腰裏的蒙古匕首了。我把匕首拔出來，有鋼和鏽的氣味。這把匕首現在讓我噁心。在城市的夜燈底下，這把匕首滑稽透了。媽拉個巴子的。我把匕首丟進了垃圾桶。媽拉個巴子的。

與黃鱔的兩次見面

在我第一次「真正」擁抱了阿來之後，我才弄明白愛情到底是什麼。愛情不是一個人折騰，而是兩個人一起折騰。愛情不只是一次意外，愛情還是銳利的劃痕。

我再也沒有料到會在南京與黃鱔見面。黃鱔，這個攪亂了我生活的狗屁男人，現在就站在我的面前。這傢伙一上來就沒有和我握手，而是摟住了我的肩膀，一副情同手足的樣子。有一個剎那我幾乎怒火中燒了，可是黃鱔的巴掌在我的肩膀上拍了又拍，熱情得要命。拍來拍去我居然也伸出了胳膊，在他的肩膀上拍了幾下。儘管我的臉上並沒有笑容，不過我相信，我們之間已經有了相逢一笑泯恩仇的意思了。我就這麼和黃鱔和解了，這個狗雜種，我玩不過他。

有關黃鱔的一切傳聞都是對的，他的確發了。發了財的男人是看得出來的。黃鱔堅持叫我到他的家去，說什麼我也不能。我怕見阿來。阿來與我分手差不多去了我的半條命，今生今世我再也不想見到這個丫頭了。阿來是我身上的疤，即使不再疼痛，她也會在我的肌膚上面發出刺眼的光。我對黃鱔拉下臉來，說：「胡說什麼呢。」黃鱔懂我的意思，望著我，只是笑。他笑起來的樣子真讓我想抽他的嘴巴。黃鱔後來說：「我家裏沒人，我都離了好幾個月了。」這一回輪到我望著黃鱔了，黃鱔說：「走吧。我也想回家看看呢。」黃鱔這小子真是個狗屁東西，他以為他和阿來離了，阿來就是我的新娘了。我不能到他的家裏去，即使阿來不在，屋子裏也有阿來的氣味，地板上也有阿來的腳印，茶具上也有阿來的體溫，離別情人的氣息哪一口不咬人。

我們就近找了一家茶館，黃鱔坐下來之後就開始吸菸，並不急著和我說話。這小子沉著得很。他在沉默的時候身上有一種難以言說的魅力。黃鱔這小子比過去胖多了，隨便往哪兒一坐都是一副懶散的模樣，連吸菸的樣子都有些懶。黃鱔深深地吸了一大口，兀自說：「唉，又見面了。」

我和黃鱔在大學裏踢了四年球。說起足球，我們不能不佩服黃鱔。這小子要速度沒速度，要力量沒力量，然而，他有一種不可思議的控球能力，即使在防守隊員的人堆裏頭，這傢伙都是旁若無人地、慢騰騰地盤帶、過人，然後分球。我不行，我只有速度。我只會像狼狗一樣飛快地奔跑，等著黃鱔把球分過來，隔三岔五地把球弄到對方的網窩裏去。黃鱔這小子在球場真的像黃鱔一樣油光水滑，就算你把他捏在手上，他也能從你的手指縫裏溜走。你越是用力他溜得越快，要不然大夥兒怎麼會叫他黃鱔呢。

我和阿來就是在球場邊上認識的。那是三年級下學期的一個下午，那個下午我們和冶金大學正在舉行一場很關鍵的選拔賽。冶金大學那幾年一直壓著我們，我們一碰上他們就成了孫子。他們熱中於貼身緊逼，出腳又凶又快。黃鱔一碰上他們就不行了，怕得要命。所以教練命令我們死守。教練說，不輸即贏，我們比他們多兩個淨勝球呢，零比零就是我們出線了，但是死守又談何容易，我們像一群狗，被他們追得直喘氣，就差把舌頭吐出來了。那一天他們的運氣真是差極了，他們就是不能把皮球送到我們的球門裏去。遵照教練的部署，我們和他們死磨硬纏，一旦得到球就拚命地往場外踢。我們用這種下流的辦法去消耗時間。我們居然成功地守到了最後的幾十秒鐘。不可思議的事情就在這個時候發生了，我們打了一次反擊，在我衝進小禁區的時候，黃鱔胡亂就是一腳射門，球打偏了，擊中了我腦袋的左側，皮球改變方向之後居然彈進了冶金大學的網窩。我的天吶，你說這球是怎麼進去的？我的腦袋已經被打矇了。但是懵懂提醒了我，這球是我搗鼓進去的。我這個臭球簍子居然成了冶金大學的魔鬼終結者。這怎麼得了？這怎麼得了？我快瘋了，張開了雙臂就向場邊跑。我要擁抱什麼人，親吻什麼人，不管是天鵝還是蛤蟆，我一定要擁抱什麼人親吻什麼人。我胡亂逮住了一個，一把摟在了懷裏，我的雙手緊緊地箍著人家的小腰，活蹦亂跳，還在人家的臉蛋上吧唧了一口。直到我的隊友們把我團團圍住，我才發現我的胸部有點異樣。我低下頭來，居然是一對直挺挺的乳房。我把這兩隻可憐的小動物壓得那樣緊，主人的小臉都已經蠟黃了，對著我直翻白臉。我的腦子裏頭「轟」地一下。你瞧我弄的，你瞧我這是怎麼說的！

這個女生就是阿來。

我和阿來的故事就算開始了。眾所周知，一男一女之間的事人們習慣於稱為愛情。其實那段日子裏我沮喪得厲害，我渴望愛情已經渴望了三年了。愛情是什麼，我不知道，但是我有激情和想像力，我用激情和想像力把「愛情」弄得華光四射，類似於高科技時代的電腦畫面，還配上了太空音樂。我在失眠的夜晚一個人和自己瞎折騰，愛情被我弄成了哈姆雷特式的自由獨白，成了問題，像某些器官一樣，一會兒大，一會兒小。但是，在我第一次「真正」擁抱了阿來之後，我才弄明白愛情到底是什麼。愛情不是一個人折騰，而是兩個人一起折騰。

我的愛情是撿來的，是一次意外。但是，撿來的、意外的愛情才更像愛情，才更加接近我們的預期，更加接近愛情的本質。和所有平庸的愛情一樣，我們的愛情是從接吻開始的。我們是多麼的貪婪，開始的那些日子我們幾乎不說什麼，天一黑我們就貼在一起，胡攪蠻纏，像吃果凍布丁一樣拚命地吮吸對方。可是愛情畢竟不是一方吃掉一方，我們誰也吃不了誰。所以我們的身上布滿了對方的牙印。至此，我對愛情的認識又前進了一大步，愛情不只是一次意外，愛情還是銳利的劃痕。

那個星期五的晚上我真是終生難忘，大約在深夜零時，阿來的雙手分別握住了我的兩隻食指，她的頭仰了起來，火一樣的嘴唇突然變涼了，她把冰涼的嘴唇貼在了我的腮邊，喘得厲害，用幾乎聽不見的聲音徵求我的意見：「啊？啊？」她把我的手指捏在潮濕的手掌心，用力地握。我懂她的意思了。我意外地發現我的嘴唇突然也涼了。根據運動生理學的基本常識，我推斷，既然我們身上的血流量是一個衡數，其他地方充血了，嘴唇上的體溫必須會隨之下降。

我懂阿來的意思。其實我也想，我比阿來還要想。可那時候我有毛病，儘管沒有太空音樂，我還是渴望我們的初次能夠接近於當初的想像，帶上一點儀式感。我不希望只為了「解決問題」就把我心愛的女人摁在樹根上草草了事。這種事我不喜歡睜一隻眼閉一隻眼。我不喜歡這樣，我希望有愛好好做。我不知道我為什麼會有這樣的毛病，其實不費什麼事的，我就弄不懂我為什麼把那件事看得如此重大，所以我不停地調息我自己，弄得跟她的父親似的，我說：「忍忍吧，忍忍。還有幾天就放假了。」

第二天我們還是老樣子。我的理由很簡單，既然昨天都挺過來了，今天也一定能挺得過去。反正暑假都已經倒計時了，忍過去一天就是一天。等我到鎮江踢完了比賽，我一定去租一間房子，打掃乾淨，把我們的新房弄成天堂。我無限幸福地等待著這個過程：就像給鬧鐘擰發條那樣，先把自己擰緊了，然後，再咔嚓咔嚓，我只能再一次做起了父親，拍拍她的屁股蛋，說：「再忍幾天吧，再忍幾天。」阿來在黑暗中看著我，她的目光我看不見，可是，我知道她在看我。我的胸口上全是阿來的鼻息。此時此刻，她的鼻息像一匹母馬的吐嚕。阿來對著我的胸脯打了七八個吐嚕，一句話不說，掉頭就走。

我當初怎麼就這麼沒出息的呢，我把愛情弄成了忍受，嚴格地說，像受虐。太水深火熱了。

不幸的事情接著發生了。黃鱔這小子在訓練的時候硬要反串一回守門員，為了撲救一個入球，他把脖子弄閃了。這件事對我們的打擊太大了。沒有黃鱔，我們這支球隊還叫什麼球隊？沒有黃鱔坐鎮中場，我們這些臭腳又能幹什麼？比賽迫在眉睫，而黃鱔只能歪著脖子走路，他現在哪裏是一條黃鱔，簡直是一隻瘟雞！

沒有黃鱔，我們在鎮江把眼睛都輸綠了。球隊裏瀰漫出一股子喪氣，不過我除外。輸球固然令人痛心，但是每輸一場日子就過去一天。也就是說，水深火熱的日子就減少一天。一正一負，剛好可以相互抵消。打完最後一場比賽之後，我們就要返校了。我的心中突然一陣緊張，亂了套了，整個人都處在一種惶恐而又幸福的顫慄之中。在返回的大巴上，我假裝沉浸在輸球的氛圍中，沒有一個人知道我心口的四隻輪子是怎麼轉的。這不是一般的事，這太難了。

回校之後我沒有見到我的阿來。我到處找她，我把校園裏的每一片葉子都翻遍了，就是找不到她。

一開學謎底就自動揭開了。阿來這丫頭居然跟著黃鱔報到來了。阿來歪著腦袋，一副疲態，一舉一動都像剛剛度完蜜月的新娘，滿足而又心安理得。我一看黃鱔和阿來的臉色就知道發生了什麼。沒我什麼事了，我歇了。

黃鱔現在坐在我的面前，很沉著地喝，很沉著地抽。坐了幾分鐘之後黃鱔一個人走到門外去了，打了一通手機。回到座位上黃鱔突然笑了，說：「還好吧？」這話問得很籠統，我不知道從哪兒說起，我只好籠而統之地回答說：「還好。」黃鱔對我的回答似乎特別地滿意，點了幾下頭。從他那種點頭的樣子來看，他對我的生活終於放心了。後來我們不說話了，黃鱔一副成竹在胸的模樣，就好像我的生活全都是他安排好了的。我想利用這個空隙給我的妻子去個電話，但是我不想用黃鱔的手機。我說不好，我就是不想用黃鱔的手機。

我們安安靜靜地坐著，說一些無聊的話。我想我們兩個骨子裏都不願意和對方坐在一起，正因為如此，我們反而沒有匆匆分手，只好更無聊、更投入地坐著。我們用心地迴避著最想說的話，同時用心地表達我們最不想表達的東西。大約過了二十分鐘，兩個很漂亮的女人走到我們的座位上來了。什麼話也不說，一屁股落了坐，點茶、掏菸、脫外罩。顯然，這兩個女人是黃鱔剛才用手機叫來的。兩個女人的到來恰到好處，黃鱔顯得積極一些了，話也多了。他給我介紹這兩個女人，他把盤頭髮的說成他的「三姨太」，而把披肩髮的那一位稱為「六姨太」。兩個女人莞爾一笑。黃鱔彈了彈菸灰，對我說：「都是我的女人。」黃鱔真是有派頭，他的舉手投足之間就把所有的女人納入了一個大家庭。

喝完茶黃鱔帶我去打保齡球。我們一行四人，齊整整地走出了茶館的門口。黃鱔說：「先出汗，後吃飯。散散步，再出汗。」他說：「再出汗」的時候拍了拍我的肩膀，怕我不懂，又拍了一回。我剛一明白過來額頭上就差點兒冒汗了。

黃鱔早就不是足球場上的盤帶藝術家了，這會兒他是保齡球館裏的樂極高手。他打的是飛碟球，出手的動作瀟灑而又休閒，關鍵是準，只要是黃鱔出手，計分屏上動不動就會跳出誇張的卡通畫面。火爆的霹靂昭示著黃鱔的大滿貫。利用擦球的工夫，黃鱔看著兩個女人，悄聲問我：「挑誰了？喜歡誰？」

我小聲說：「是雞吧？」

黃鱔嚴肅了，說：「什麼話？是女人——都是我的女人。」

我說：「是不是？」

黃鱔說：「你鬧死了。」

黃鱔這小子今天真是款待我了。這個夜晚黃鱔帶我在南京四處遊蕩，嚴格地說，帶著我四處花錢。這小子在花錢的時候身上有一種美，有一種與這個世界進行等價交換的宏大氣派。他把我帶進了一個又一個陌生的天地，他為我推開一道又一道門。我走進了另外一個世界。這個世界其實就在我們的身邊，只隔了一道門。但是，門決定了這一個空間與那一個空間，門同樣決定了一種生活與另一種生活。我像遊走在夢中，眼睛瞪圓了又瞇起來，瞇起來又瞪圓了，一會兒黑，一會兒亮。短短幾個小時我閱遍了人間春色。我早就雲山霧罩了。然而，有一件要緊的事我始終沒有忘記，等我們玩痛快了，玩累了，靜下來之後我得好好安慰安慰黃鱔。離了婚的男人是需要安慰的。雖說離婚的滋味我不懂，但是阿來離開我的滋味我知道。我得好好安慰安慰黃鱔，黃鱔現在的心情只有我一個人懂。

凌晨兩點之後我們終於坐下來了。我剛想和黃鱔聊聊，黃鱔這小子卻開口說話了。他一開口我就再也插不上話了，黃鱔滔滔不絕。黃鱔有錢了，話也跟著多了。他一手夾著香菸，一手轉著酒杯，和我聊起了他的女人們。照道理黃鱔不應該在我的面前談論這個話題的，黃鱔就是不理這一套。他像偉人一樣扳起了他的手指頭，如數家珍。黃鱔的氣度實在是非凡。可是黃鱔不肯在我的面前提起阿來，就好像世上根本就沒有阿來這麼一個人。我知道黃鱔迴避阿來是故意的，這就是說，阿來一直就像漩渦那樣盤旋在我們中間。阿來無所不在。黃鱔不提阿來，只是反覆渲染離婚的意義與離婚之後的幸福時光。黃鱔微笑著望著吧台，那裏的酒瓶琳琅滿目，又亮堂又曖昧。黃鱔很壞地微笑著，說：「酒瓶裏裝滿了液體，是肚子把它們釀成了酒。」

開始我還好，安靜地聽他說。聽著聽著我就慚愧了，我居然還想安慰黃鱔，我實在是無恥。我慢慢地聽黃鱔說，越聽越難受。有一剎那我居然無端地憤怒了。我不知道我憤怒什麼。我傾聽著黃鱔的脫口秀，止不住對他無限羨慕。我知道，其實正是這股羨慕讓我憤怒。黃鱔的語氣並不炫耀，而是家常的，甚至帶著一點疲憊，有一種難於應酬的苦衷似的。好幾次我都想叫他閉嘴，可是我想聽。我扶著酒瓶，聽著聽著慢慢地就失神了。我不停地灌，酒被我的肚子「釀成了酒」，它們在折騰。黃鱔說得實在是好，酒在酒瓶裏頭就不能叫酒，下了肚子才是。黃鱔的這句話稱得上世紀經典。我的憤怒慢慢平息了，人卻一點一點頹唐下去。但是，酒在我的體內折騰得厲害。我知道我沒有醉。老實說，我想醉。我就想醉裏挑燈看劍，我就想紮紮實實地折騰那麼一回。可我又不能為醉而醉。我暗地裏對自己說：「兄弟，回家吧，回家折騰吧，回家和你的老婆離婚吧。」我這是在和自己說酒話，然而，我還是被這句話嚇了一大跳。空酒瓶在我的手上晃，我不知道是我醉了還是酒瓶醉了。

離開南京之後我的腦子裏整天都是黃鱔的語錄。現在我只想離婚。具體的原因我說不上來，我就是想離。哪怕僅為了離婚我也得離上一回。我的婚姻其實還是挺不錯的。但是，問題在於，除了婚姻我再也沒有什麼東西可供自己折騰的了。你看看現在的那些女孩子，即使沒結過婚，可一上來就先做了寡婦。這很美。這就決定了她們可以滄桑地活在這個世界上。人家那麼年輕都能滄桑，憑什麼我不能？這不行，我還年輕，我要滄桑。

婚我是一定要離的，我鐵了心了。但離婚總得有點藉口。做任何事情都得有個藉口。這個世界並不複雜，所有的複雜都是藉口帶來的。為找藉口我真是傷透了腦筋。妻子是一個很家常的女人，顧家，安穩，心地善良。我靜靜地觀察了妻子好幾天，實在找不到恰當的由頭。這可如何是好呢？——白雲奉獻給草場，江河奉獻給海洋，我拿什麼和你離婚，我的愛人？我不停地找，不停地問，不停地想。

我最終還是從大處入手了。在謀劃離婚的日子裏，我認真地讀了幾本書。我發現了這樣一個基本事實，一個人的內心不管多麼渺小，他想達到的目的不管多麼自私，為了實現目的，找到一個宏大的理由才是第一要義。宏大的理由一旦得到確立，你想獲得的就將不再是一點自私而又可憐的幸福，你畢生的精力只能獻給解放全人類的偉大事業。這一來就從根本上解決了又當婊子又立牌坊的基本矛盾。歷史就是這麼過來的。我茅塞頓開。我合上了書本。沒有理論的實踐是愚蠢的實踐，同樣，沒有漂亮藉口的行為絕對是愚不可及的行為。

我不記得我是怎麼和妻子吵起來的了。可以肯定的是，是她挑起了這起事端。那一天的晚飯過後，妻子開始了盤問。她問我「這些日子」怎麼了？怎麼從南京回來之後一天到晚拉著一張豬肝臉。她的盤問碰到了我的疼處，一個人一旦被人捅到疼處必然會惱羞成怒，惱羞成怒帶來的只能是理不直而氣壯。妻子的盤問遭到了我的迎頭痛擊。我正愁沒有藉口，我正愁沒法攤牌呢。既然她要吵，那就吵。

吵了沒有幾句我就把話題引到我的套路裏來了。我是有備而來的，我有我的小九九，所以我渴望戰鬥。我把當天的晚報拍在桌面上，開始了批判。我批判生活的常態，生活的日常性。我把腐朽的、世俗的、日常的生活罵了個狗血噴頭。

常態即平庸，我痛恨平庸，兼而聲討歷史。我從慈禧太后開始罵起，一直罵到妻子的辦公室主任（女）。我大罵人類的醜惡，大罵生活的無聊、不盡興、不來電，我甚至把胡蘿蔔、鹽、夾克、洗髮水、恆順牌香醋、老生抽醬油一起痛斥了一遍。我口齒清晰，思路敏捷，用一串又一串的排比句和反問句向我所能看到的、所能想到的東西發起了最猛烈的進攻。此時此刻，除了離婚，生活裏的一切都是我的敵人。我責問妻子，我向妻子發表生活宣言。我給妻子描述未來生活的基本藍圖，而妨礙這一藍圖的恰巧就是既實婚姻，也就是妻子本身。最後，我反詰說：「我們還有愛情嗎？」我宣布：「讓沒有愛情的生活喝醋去吧！」

我的問號與驚嘆號是空對地導彈，從天而降，呼呼生風。妻子毫無防備。我像一個生活的戰略家與生活的首席裁判，把結論直截了當地告訴了妻子：「為了生活，我們必須離婚。現在，立即，馬上！」妻子簡直驚呆了，她噙著淚花，愣愣地盯著我，無限陌生地望著我。我想她已經明白了，她面對的不是我，而是生活，或曰真理。

雖然拖了五個多月，然而，離婚是不可阻擋的。不可阻擋的事情必然和真理、正義連繫在一起。五個多月當中妻子被我弄得死去活來，差不多快崩潰了。我離婚了，這句話應當這樣說，我勝利了。法院判決之後我並沒有得到預期的快樂，相反，我麻木得很。我的身體像一片原始的荒地，空蕩蕩的，一路延展下去，充滿了抽象的光，抽象的風，抽象的霧。我看到了蒼茫，我蒼茫極了。怎麼會是這樣的呢？我不允許自己這樣，我頹然地坐在法院的大廳，專心致志地給自己醞釀勝利後的喜悅。我把自己弄成了一只彩球，我同時還像一個氣功大師，拚命給自己運氣。我把自己吹到了臨近爆裂的地步。吹到了飄飄欲仙的地步，趁著這股勁頭，我給黃鱔去了一個電話，我大聲告訴黃鱔，說：「黃鱔，晚上等著我，我來了！」我夢想著能早點和黃鱔呆在一起。我們之間有一種難以言說的東西。和他呆在一起我特別有感覺。

在車上我蠢蠢欲動，我焦躁得厲害。我解放了，就是不知道自己到底要幹什麼。這就是說，生活變寬了，無端端地冒出了複雜的可能性。這種感覺無與倫比。毫無疑問，抹著玫瑰色的口紅的夜晚正在南京排著隊伍等待我。南京吐著啤酒花。南京瞇著一雙瞌睡眼，欲開還閉，欲說還休。南京性感極了。我坐在車窗的窗口，窗外的樹木、農田沿著我的錯覺向該死的過去狼狽逃竄，它們潰不成軍。我發現自己年輕了，一點都不像三十好幾的人。這只能說，我的青春期又回來了。讓青春來得更猛烈些吧！

黃鱔站在湖南路的路口等著我。我沒有和他握手，一上去就摟住了他的肩膀，拍了又拍。黃鱔這傢伙太沉著了，只是很禮貌地點了點頭。我知道我們的心情現在還沒有對上號，到了華燈初上的時候，這傢伙一定會像一條魚，把我帶到最柔軟的漩渦裏去的，讓溫滑的水流劃過我們的眼角膜。

黃鱔遞給我一支菸，自己又點上了一根。他在吐菸的時候把那口氣呼得特別地長，看上去都有點像嘆息了。黃鱔說：「出差路過的吧？」我說：「沒有啊。」我故意把自己弄得很沉著，補充說：「我這一次可是專程來找你的。」黃鱔點了點頭，好像在和我談一筆生意似的。黃鱔說：「我猜你就是專程來找我的。」我當然不好把話挑明了說。我說：「不找你我還找誰？」黃鱔又點頭。這傢伙老是點頭，都不像他了。黃鱔說：「要不，先吃飯？」其實我想先出汗。但是既然黃鱔說先吃飯，我當然不好反對，我假裝很平靜，說：「那就先吃飯。」

黃鱔所謂的吃飯並不是「吃」，而是「喝」。黃鱔一杯一杯的，就知道灌。這頓飯吃得很不成功。我說不上來，我就感覺到氣氛有點不對勁。黃鱔的話很少，我的話也很少。其實我有很多話想說，這句話這樣表達可能更科學一些，我有很強的言說欲望，但到底要說什麼，我也說不上來。結果我吃得也很少，順著黃鱔一杯又一杯地灌。我們一邊喝一邊嘆息。嘆息是一個極壞的東西，只要開了頭你就止不住。後來我們已經沒有什麼可供嘆息的了，但我們還在嘆息。我們唯一的嘆息就是嘆息本身。這是一件很傷神的事。我發現黃鱔已經很做作了，因為我也很做作了。當一個人發現自己做作的時候，他只能用做作去替代做作。

黃鱔不停地向我敬酒，我也只好不停地回敬。兩個小時過後，這頓飯進入了它的糟糕結局。黃鱔居然醉了。黃鱔的醉酒意味著這個晚上我將一事無成。好在黃鱔並沒有倒下去，相反，他站了起來，說：「走。」他在走路的時候歪頭歪腦的，踉踉蹌蹌的。我不知道黃鱔要把我帶到哪裏去，只好扶著黃鱔上了出租車。

黃鱔坐在我的身邊，閉著眼睛，脖子已經軟了。他的腦袋一會兒掛在左邊，晃幾下，一會兒又掛在右邊，晃幾下。黃鱔看上去絕對像一個屍首，但是，黃鱔有一種不可思議的平衡能力，就是倒不下去。他一邊閉著眼睛晃悠一邊關照司機，向左拐，向右拐，諸如此類。黃鱔真是一個天才，他都醉成這樣了，又閉著眼睛，可他依舊保持了如此出色的方位感，對他來說，醉酒反而是一種透徹，一種清晰。這是黃鱔特有的素質。

出租車在一幢高層建築的下面停了下來。我把黃鱔扶出出租車，依照他的指示，又把他扶進了電梯。我不知道黃鱔要把我帶到哪裏去。有一點我可以肯定，黃鱔要去的地方一定是一個七葷八素的好地方。三菱牌電梯把我們送到了三十二樓，這時候黃鱔的體重已經重得不行了。我就弄不懂酒精這東西怎麼會改變一個人的體重的。黃鱔重得幾乎不像一個人。黃鱔在一扇門的前面停下了腳步，他從腰間掏出他的鑰匙，精確無比地把他的鑰匙插進了鎖孔。黃鱔閉著眼睛，可是我相信，酒才是這傢伙的眼睛。

屋子裏很黑，黃鱔摸著牆，打開了燈。黃鱔並沒有把我帶到好地方去，他在爛醉之中居然把我帶到了他的家中。一進家門黃鱔就扶著牆面走到臥室裏去了。我站在客廳裏頭，無限茫然。黃鱔的家可以稱得上豪宅，又寬敞又氣派。但是黃鱔的家中布滿了灰塵，瀰漫著濃烈的塵土氣味。那些塵土既是塵埃落定的結局，卻又充滿了煙塵抖落的危險性。黃鱔衝進臥室的時候厚厚的灰塵就在他的腳下紛揚起來了，地板上留下了他的一溜兒腳印。

我跟到黃鱔的臥室裏去，黃鱔已經倒在床上了。我聽到了黃鱔的嘔吐聲。他的腦袋垂掛在床沿，瘋狂地嘔吐。我打開燈，臥室裏灰塵四起，灰塵把燈光弄成了橙黃色，沒頭沒腦地溫馨起來了。黃鱔的臥室裏掛著一排相片，都是黃鱔的結婚照。黃鱔按照時間順序把他的短暫婚姻懸掛在牆壁上，一眼望去，像一列隆隆駛去的火車。火車的車頭正是阿來。我又看見我的阿來了，我的阿來穿著白色的婚紗，無限姣好地依偎在黃鱔的胸前。她的目光隱含了這列火車的駛向。這列火車可以命名為婚姻特快，豐富而又多采，這一點從結婚照的服飾上就可以看出來了，一會兒西式，一會兒中式，一會兒前衛，一會兒古典。而結婚照的背景就更複雜了，從西北荒漠到傣族風情，從天涯海角到北國風光。黃鱔的新娘好像遍布了祖國的長城內外與大江南北。婚姻是黃鱔的展覽與收藏。

黃鱔吐乾淨了，開始喊「水」。他喊「水」的模樣使我想起了革命電影上浴血奮戰的傷兵。我決定給黃鱔去取水。我知道這個家裏是不會有一滴開水的，我順手打開了冰箱，冰箱裏塞著一些東西，但我不知道是什麼，因為它們都長白毛了。我只能打開水龍頭。水龍頭「噗哧噗哧」地排了一陣氣，水鏽和水便一同沖了出來。開始是黑色的，後來變成了橙紅色，再後來變成了深黃，深黃一點一點地變淡，五分鐘之後終於是自來水了。我把自來水送到黃鱔的嘴邊，黃鱔伸長了脖子，用嘴唇四處找水。因為脖子伸得太長，黃鱔的喝相也就格外貪婪。喝完了水黃鱔的雙手開始在空中四處尋找，企圖捉住一些什麼，卻又沒有目標。我不知道黃鱔到底要捉什麼。他後來捉住了我的手。當他捉住了我的右手之後，我知道黃鱔想捉的東西其實正是一隻手。黃鱔把我的右手捂在掌心，像逮著了一件寶貝，用心細緻地撫摸。他的十隻指頭對著我的右手抒起情來了。最後他把我的右手捂在了自己的臉上，閉著眼，表情溫存得要命，腦袋還一蹭一蹭的。我知道黃鱔錯亂了，沒有人知道這會兒他在什麼地方和誰溫存。黃鱔的嘴巴張開了，他突然拽住了我的食指，軟綿綿地，握住了。黃鱔的這個舉動激怒了我，我用力抽出了我的食指，順手給了他一個大嘴巴。黃鱔的腦袋一歪，老實了，睡了。

黃鱔睡了，我不知道我該如何打發今天這個夜。我赤著腳，一個人遊盪在客廳。我的腳板底下是地板上的麵狀粉塵，我踩著這些粉塵，粉塵給了我十分虛妄的企圖，我企圖親近一點什麼。但是客廳裏只有小吧台，小吧台裏頭只有叫不出名字的酒，那些可愛的、造型出色的酒瓶，它們像人的形體。我坐在了吧台的裏側。吧台上有一只先前留下來的高腳杯，杯子裏有幾個過濾嘴。這幾個過濾嘴最初一定是丟在酒裏頭的，現在，酒被風乾了，過濾嘴同樣被風乾了。

我想我只能接著喝。其實我不想喝了。但是，當你的身體以酒瓶這種形式出現的時候，除了裝酒你還能幹什麼？我不知道我為什麼會笑。事實上，這個夜晚我在喝酒的同時很可能一直在笑。我本人絲毫都沒有察覺。天快亮的時候，我意外地看了一眼鏡子，我發現鏡子裏的人在笑，笑得跟一個空酒瓶似的。我為什麼會不聲不響地微笑一夜？這個問題我至今沒有找到答案。這一切可能都不是真的。也許那些酒知道，可那些酒都被我喝進了肚子，後來又被我吐光了。

二〇〇〇年第五期《時代文學》

相愛的日子

他貼緊她，同時也吻了她。她笑了，突然就有些不好意思，拽緊了他的衣領，抬起頭來，說：「真好。都像戀愛了。」他也笑了，「可不是麼，」他說，「都像戀愛了。」

嗨，原來是老鄉，還是大學的校友，居然不認識。像模像樣地握過手，交換過手機的號碼，他們就開始寒暄了。也就是三四分鐘，兩個人卻再也沒什麼好說的了，那就再分開吧。主要還是她不自在。她今天把自己拾掇得不錯，又樸素又得體，可到底不自在。這樣的酒會實在是太鋪張、太奢靡了，弄得她總是像在做夢。其實她是個灰姑娘，蹭飯來的。朋友說得也沒錯，蹭飯是假，蹭機會是真，蹭著蹭著，遇上一個伯樂，或逮著一個大款，都是說不定的。這年頭缺的可不就是機會麼。朋友們早就說了，像「我們這個年紀」的女孩子，最要緊的其實就是兩件事：第一，拋頭；第二，露面——機會又不是安裝了GPS的遠程導彈，哪能瞄準你的天靈蓋，千萬別把自己弄成本・拉登。

可飯也不好蹭哪，和做賊也沒什麼兩樣。這年頭的人其實已經分出等級了，三五個一群，五六個一堆，他們在一起說說笑笑，哪一堆也沒有她的份。硬湊是湊不上去的。偶爾也有人和她打個照面，都是統一的、禮貌而有分寸的微笑。她只能倉促地微笑，但她的微笑永遠都慢了半拍，剛剛笑起來，人家已擦肩而過了。這一來她的微笑就失去了對象，十分空洞地掛在臉上，一時半會兒還拿不下來。這感覺不好，很不好。她只好端著酒杯，茫然地微笑，心裏頭說，我日你爸爸的！

手機卻響了。只響了兩下，她就把手機送到耳邊去了。沒有找到工作或生活還沒有著落的年輕人都有一個共同的特徵，接手機特別地快。手機的鈴聲就是他們的命——這裏頭有一個不易察覺的幻覺，就好像每一個電話都隱藏著天大的機遇，不容疏忽，一疏忽就耽擱了。「喂——」她說，手機卻沒有回音。她欠下身，又追問了一遍：「——喂？」

手機慢騰騰地說：「是我。」

「你是誰呀？」

手機裏的聲音更慢了，說：「——貴人多忘事。連我都不認識了。抬起頭，對，向左看，對，衛生間的門口。離你八九米的樣子。」她看見了，是他。幾分鐘之前剛認識的，她的校友兼老鄉。這會兒她的校友兼老鄉正歪在衛生間的門口，低著頭，一手端著酒杯，一手拿著手機，挺幸福的，看上去像是和心上人調情，是情到深處的樣子。

「羨慕你呀，」他說，「畢業還不到一年半，你就混到這家公司裏來了。有一句話是怎麼說的？金領麗人，對，說的就是你了。」

她笑起來，耷拉下眼皮，對著手機說：「你進公司早，還要老兄多關照呢。」

手機笑了，說：「我是來蹭飯的。你要多關照小弟才是。」

她一手握住手機，另一隻手抱在了胸前，這是她最喜歡的動作，或者說造型，小臂托在雙乳的下面，使她看上去又豐滿、又俳俫，是「麗人」的模樣。她對手機說：「我也是來蹭飯的。」

兩個人都不說話了，差不多在同時抬起了腦袋，對視了，隔著八九米的樣子。他們的目光穿過了一大堆高級的或幸運的腦袋，彼此都在打量對方，開心了。他們不再寂寞，似乎也恢復自信。他微笑著低下頭，看著自己的腳尖，有閒情了，說：「酒挺好的，是吧？」

她把目光放到窗外去，說：「我哪裏懂酒，挑好看的喝唄。」

「怎麼能挑好看的喝呢。」他的口氣顯然是過來人了，托大了，慢悠悠地關照說，「什麼顏色都得嚐一嚐。嚐遍了，再盯著一個牌子喝。放開來，啊，放開來。有大哥呢。」隨即他又補充了一句，「手機就別掛了，聽見沒有？」

「為什麼？」

「和大哥聊聊天嘛。」

「為什麼不能掛？」

「傻呀。」他說，「掛了機你和誰說話？誰會理你呀，多傷自尊哪——就這麼打著，這才能挽救我們倆的虛榮心，我們也在日理萬機呢。你知道什麼叫日理萬機？記住了，就是有人陪你說廢話。」

她歪著腦袋，在聽。換了一杯酒，款款地往遠處去。滿臉是含蓄的、忙裏偷閒的微笑。她現在的微笑有對象了，不在這裏，在千里之外。酒會的光線多好，音樂多好，酒當然就更好了，可她就是不能安心地喝，也沒法和別人打招呼。忙啊。她不停地點頭，偶爾抿一口，臉上的笑容抒情了。她堅信自己的微笑千嬌百媚。日你爸爸的。

「謝謝你呀大哥。」

「哪兒的話，我要謝謝你！」

「還是走吧，冒牌貨。」她開開心心地說。

「不能走。」他說，「多好的酒，又不花錢。」

三個小時之後，他們醒來了，酒也醒了。他們做了愛，然後小睡了一會兒。他的被窩和身體都有一股氣味，混雜在酒精和精液的氣息裏。說不上好，也說不上不好，是可以接受的那一類。顯然，無論是被窩還是身體，他都不常洗。但是，他的體溫卻動人，熱烈，蓬勃，近乎燙，有強烈的散發性。因為有了體溫的烘托，這氣味又有了好的那一面。她抱緊了他，貼在了他的後背上，做了一個很深的深呼吸。

他就是在這個時候醒來的，一醒來就轉過了身，看著她，愣了一下。也就是目光愣了一下，在黑暗當中其實是不容易被察覺的，可還是沒能逃出她的眼睛。「認錯人了吧？」她笑著說。他笑笑，老老實實地說：「認錯人了。」

「有女朋友麼？」她問。

「沒有。」他說。

「有過？」

「當然有過。你呢？」

她想了想，說：「被人甩過一次，甩了別人兩次。另外還有幾次小打小鬧。你呢？」

他坐起來，披好衣服，嘆了一口氣，說：「說它幹什麼。都是無疾而終。」

兩個人就這麼閒聊著，他已經把燈打開了。日光燈的燈光顛了兩下，一下子把他的臥室全照亮了。說臥室其實並不準確——他的衣物、箱子、書籍、碗筷和電腦都在裏面。他的電腦真髒啊，比那只菸缸也好不到哪裏去。她瞇上眼睛，粗粗地估算了一下，她的「家」比這裏要多出兩三個平方。等她可以睜開眼的時候，她確信了，不是兩三個平方，而是四個平方。大學四年她選修過這個，她的眼光早已經和圖紙一樣精確了。

他突然就覺得有些餓，在酒會上光顧了喝了，還沒吃呢。他套上棉毛衫，說：「出去吃點東西吧，我請客。」她沒有說：「好」，也沒有說：「不好」，卻把棉被拉緊了，掖在了下巴的底下，「再待一會兒吧。」她說，「再做一次吧。」

夜間十一點多鐘，天寒地凍，馬路上的行人和車輛都少了，顯得格外地寥落。卻開闊了，燈火也異樣地明亮。兩側的路燈拉出了浩蕩的透視，華美而又漫長，一直到天邊的樣子。出租車的速度奇快，「呼」地一下就從身邊竄過去了。

他們在路邊的大排檔裏坐了下來。是她的提議，她說她「喜歡大排檔」。他當然是知道的，無非是想替他省一點。他們坐在靠近火爐的地方，要了兩碗炒麵，兩條烤魚，還有兩碗西紅柿蛋湯。雖說靠近火爐，可到底還是冷，被窩裏的那點熱乎氣這一刻早就散光了。他把大衣的領口立起來，兩隻手也抄到了袖管裏，對著爐膛裏的爐火發愣。湯上來了，在她喝湯的時候，他第一次認真地打量了她，她臉上的紅暈早已經褪盡了，一臉的寒意，有些黃，眼窩子的四周也有些青。說不上好看，是那種極為廣泛的長相。但是，在她做愛的過程中，她瘦小而強勁的腰肢實在是誘人。她的腰肢哪裏有那麼大的浮力呢。

一陣冬天的風刮過來了。大排檔的「牆」其實就是一張塑料薄膜，這會兒被冬天的風吹彎了，漲起來了，像氣球的一個側面。頭頂上的燈泡也跟著晃動，他們的身影就在地面上一左一右地搖擺起來，像床上，激烈而又糾纏。他望著地上的影子，想起了和她見面之後的細節種種，突然就來了一陣親暱，想把她摟過來，好好地裹在大衣的裏面。這裏頭還有歉意，再怎麼說他也不該在「這樣的時候」把她請到這樣的地方來的。下次吧，下一次一定要把她請到一個像樣的地方去，最起碼，四周有真正的牆。

她的雙手端著湯碗，很投入，嚥下了最後的一大口，上氣不接下氣了，感嘆說：「——好喝啊！」他從袖管裏抽出胳膊，用他的手撫住她的腮。她的腮在他的掌心裏蹭了一下，替他完成了這個綿軟的撫摸。「今天好開心哪！」她說。

「是啊，」他說，「今天好開心哪。」他的大拇指滑過了她的眼角。「開心」這個東西真鬼，走的時候說走就走，來的時候卻也慷慨，說來就來。

大排檔的老闆兼廚師似乎得到了渲染，也很開心，他用通紅的火鉗點了一根菸，正和他的女幫手耳語什麼，很可能是調笑，女幫手的神情在那兒呢。看起來也是一個鄉下姑娘，爐膛裏的火苗在她開闊的臉龐上直跳。除了他們這「兩對」男女，大排檔裏就再也沒有別的人了。天寒地凍。趁著高興，他和大排檔的老闆說話了：「這麼晚了，又沒人，怎麼還不下班哪？」

「怎麼會沒人呢，」老闆說，「出租車的二駕就要吃飯了，還有最後一撥生意呢。」

「晚飯」過後他們頂住了寒風，在深夜的馬路上又走了一段，也就是四五十米的樣子。在一盞路燈的下面，他用大衣把她裹住了，然後，順勢靠在了電線杆子上。他貼緊她，同時也吻了她。這個吻很好，有炒麵、烤魚和西紅柿蛋湯的味道。都是免費的。他放開她的兩片嘴唇，說：「——好吃啊！」

她笑了，突然就有些不好意思，把她的腦袋埋在他的胸前，埋了好半天。她拽緊了他的衣領，抬起頭來，說：「真好。都像戀愛了。」

又是一陣風。他的眼睛只好瞇起來。等那陣風過去了，他的眼睛騰出來了，也笑了，「可不是麼，」他說，「都像戀愛了。」

她回吻了他。他拍拍她的屁股蛋子，說：「回去吧，我就不送了，我也該上班了。」

他的「班」在戶部街菜場。在沒有找到對口的、正式的工作之前，他一直在戶部街菜場做接貨。所謂「接貨」，說白了也就是搬運，把瓜、果、蔬菜、魚、肉、禽、蛋從大卡車上搬下來，過了磅，再分門別類，送到不同的攤位上去。這些事以往都是攤主們自己做的，可是——外人往往就不知道了——那些灰頭土臉的攤主們其實是有錢人，哪有有錢人還做力氣活的。攤主們不做，好，他的機會可就來了。他把他的想法和幾個攤主說了，還讓他們摸了摸他的肌肉。幾個攤主一碰頭，行。工錢本來也不高，攤開來一算，十分地划得來，每一家也就是三個瓜兩個棗。

接貨的勞動量並不大，難就難在時段上。在下半夜。只能是下半夜。第一，大白天卡車進不了城；第二，蔬菜嬌氣，不能「隔天」，一「隔天」品相就不對了。品相是蔬菜的命根子，價碼全在這上頭。關於蔬菜的品相，攤主胡大哥有過十分精闢的論述，胡大哥說，蔬菜就是「小姐」，好價錢也就是二十郎當歲，一旦蔫下來，皮塌塌、皺巴巴的，價格就別想上得去！

撇開「小姐」不說，比較下來，他最喜歡「接」的還就是蔬菜。不油，不膩，「接」完了，沖沖手，天一亮就可以上床了。最怕的是該死的禽蛋，不管是雞蛋、鴨蛋還是鵪鶉蛋，手一滑，嘩啦一下，一個都別想撿得起來。只要「嘩啦」一次，他一個月的汗水就不再是汗，而是尿。尿就不值錢啦。

剛開始接貨的時候他有些彆扭，似乎很委屈。現在卻又好了，挺喜歡的。體力活他不怕，夜裏頭耗一耗也好。一身的蠻力氣繃在身上做什麼呢，每天起床的時候褲襠裏的小弟弟沒頭沒腦地架在那裏，還做出瞄準的樣子，又沒有目標。現在好多了，小弟弟是懂道理的，凌晨基本上已經不鬧了。

可話又說回來了，他到底還是不喜歡，主要是不安全。為了糊口，在戶部街菜場臨時過渡一下當然沒問題，可總不能「接」一輩子「小姐」吧。也二十四歲的人了，總要討老婆，總要有家吧。一想起這個他的心裏總有一股說不上來的落寞，也有些自憐的成分。特別怕看貨架。晨曦裏的貨架琳琅滿目，排滿了韭菜、芹菜、萵苣、大椒、蒜頭、牛肉、羊肉、鳳翅、鴨爪、豬腰子，還有溜光滾圓的禽蛋。這些都不屬於他。並不是他買不起，是「買菜」這樣的一種最日常的生活方式不屬於他，他就渴望能有這樣的一天，是一個星期天的早晨，很家常的日子，他一覺醒來了，拉著「她」的手，在戶部街菜場的貨架前走走停停，然後，和「她」一起挑挑揀揀。哪怕是一塊豆腐，哪怕是一把菠菜——能過上那樣的日子多好啊。會有的吧。總會有的吧。

做為一個「接貨」，他在下班的時候從來都不看貨架，天一亮，掉頭就走，回到「家」，倒頭就睡。

戶部街菜場離他的住處有一段距離。他打算在附近租房子的，由於地段的關係，價格卻貴了將近一倍。城裏的生計不容易。他不是沒有動過回老家的念頭，但是，不能夠，回不去的。不是臉面上的問題，當初他要是考不上大學反而好了，該成家成家，該打工打工——現在呢，他在老家連巴掌大的土地都沒有，又沒有本錢，怎麼能立得住腳呢？能做的只能是外出打工。與其回去，再出來，還不如就呆在城裏了。唉，他人生的步調亂了，趕不上城裏的趟，也趕不上鄉下的趟。當年的中學同學都為人父、為人母了，他一個光棍，回家過年的能力都沒有，一聲「叔叔」一百塊，兩聲「舅舅」兩百塊，他還值錢了。他怎麼就「成龍」了呢？他怎麼就考上大學了呢？一個人不能有才到這種地步！

到底年輕，火力旺，和她分手才兩三天，他的身體作怪了，鬧了。「想」她，「想」她瘦小而強勁的腰，「想」她堅忍不拔的浮力。可是，她還肯不肯呢？那一天可是喝了一肚子的酒的——他一點把握也沒有了。試試吧，那就試一試吧。他一手拿起手機，另一隻手卻插進了褲兜，摁住了自己。她沒有接。手機最後說：「對不起，對方的手機無人接聽。」

他合上手機，羞愧難當。這樣的事原本就不可以一而再、再而三的。他站在街頭，望著冬日裏的夕陽，生自己的氣，有股子說不出口的懊惱，還有那麼一點淒惶。他就那麼站著，一手捏著手機，一手握住自己。不過他到底沒有能夠逃脫肉體的蠱惑，又一次把手機撥過去了。這一回卻通了，喜出望外。

「誰呀？」她說。

「是我。」他說。

「你是誰呀？」她說。她的氣息聽上去非常虛，嗓音也格外地沙啞，像在千里之外。

他的心口一沉。問題不在於她的氣息虛不虛，問題是，她真的沒有聽出他的聲音。不像是裝出來的。

「貴人多忘事啊。」他說，故意把聲調撥得高高的。這一高其實就是滿不在乎的樣子了。「是我——，同學，還有老鄉，你大哥嘛！」他自己也聽出來了，他的腔調油滑了。這樣的時候只有油滑才能保全他弱不禁風的體面。這個電話他說什麼也不該打的。

手機裏沒聲音了。很長很長的一段沉默。他尷尬死了，恨不得把手機扔出去，從南京一直扔回到他的老家。這個電話說什麼也不該打的。

出人意料的事情就在這時發生了。在一大段的沉默過後，手機裏突然傳來了她的哭泣，準確地說，是啜泣，她喊了一聲「哥」，說：「來看看我吧。」

他把手機一直摁在耳邊，直到走進地下室，直到推開她的房門。就在他們四目相對的時候，他們的手機依然摁在耳邊，已經發燙了。可她的額頭比手機還要燙。她正在發高燒，兩隻瞳孔燒得晶亮晶亮的，燒得又好看、又可憐。

「起來呀，」他大聲說，「我帶你到醫院去。」

她剛才還哭的，他一來似乎又好了，臉上都有笑容了。「不用，」她沙啞著嗓子說，「死不了。」

他望著她枕頭上的腦袋，孤零零的，比起那一天來眼窩子已經凹進去一大塊了。她一定是熬得太久了，要不然不會是這種樣子。他想起了上個月他熬在床上那幾天，突然就是一陣酸楚。「——你就一直躺在這兒？」他說，明知故問了。

「是啊，沒躺在金陵飯店。」她還說笑呢。

「趕緊去醫院哪——」

「不用。」

「去啊！」

「死不了！」她終於還是衝他發脾氣了。到底上過一次床，又太孤寂，她無緣無故地就拿他當了親人，是「一家子」才有的口氣，「嘮叨死了你！」

「——還是去吧……」

「死不了。」她說，「再挺兩天就過去了——去醫院幹嗎？一趟就是四五百。」

他想說：「我替你出」的，嚥下去了。他們這些人都有一個共同的毛病，存錢這個問題上有病態的自尊，弄不好都能反目。他陪上笑，說：「去吧，我請客。」

「我不要你請我生病。」她閉上眼睛，轉過了身去，「我死不了。我再有兩天就好了。」

他不再堅持，手腳卻麻利了，先燒水，然後，料理她的房間。不知道她平日裏是怎樣的，這會兒她的房間已經不能算是房間了，滿地都是擦鼻子的衛生紙、紙杯、板藍根的包裝袋、香蕉皮、襪子，還有兩條皺巴巴的內褲。他一邊收拾一邊抱怨，哪裏還像個女孩子，怎麼嫁得出去，誰會要你？誰把你娶回去誰他媽的傻X！

抱怨完了，他也打掃完了。打掃完了，水也就開了。他給她倒了一杯開水，告訴她「燙」，下樓去了。他買來了感冒藥、體溫表、酒精、藥棉、麵包、快餐麵、捲筒紙、水果，還有一盒德芙巧克力。他把買來的東西從塑料口袋裏掏出來，齊齊整整地碼在桌面上都妥當了，他坐在了她的床邊，把她半摟在懷裏，拿起杯子給她餵藥，同時也餵了不少的開水。在她喝飽了的時候，她擰起了眉頭，腦袋側過去了。他就開始餵麵包。他把麵包撕成一片一片的，往她的嘴裏塞。吃飽了，她再一次擰起了眉頭，腦袋又側過去了。他就又塞了一只梨。也沒有找到水果刀，他就用牙齒圍繞著梨的表面亂啃了一通。

「昨天為什麼不給我打電話？」她說，「前天為什麼不給我打電話？」喝飽了，吃足了，她的精神頭回來了。

這怎麼回答呢，不好回答了。他就不搭理她了，脫了鞋，在床的另外一頭鑽進了被窩。他們就這樣捂在被窩裏，看著，也沒有話。她突然把身子往裏挪了挪，掀起了被窩的一個角，她說：「過來吧，躺到我身邊來。」他笑笑，說：「還是躺在這邊好。躺在你那兒容易想歪了——你生病呢。」

「哥，你就不知道你的腳有多臭嗎？」她踹了他一腳，「你的腳臭死啦！」

大約到初夏，他和她的關係相對穩定了，所謂的穩定，也就是有了一種不再更改的節奏。他們一個星期見一次，一次做兩回愛。通常都是她過來。每一次他的表現都堪稱完美，有兩次她甚至都給他打過一百分。他們倆都喜歡在事後給對方打分，這也是後戲的一個重要部分。前戲是沒有的，也用不著，從打完電話到她趕過來，這裏頭總需要幾十分鐘。這幾十分鐘是迫不及待的，可以說火急火燎。他們的前戲就是他們的等待和想像，等待與想像都火急火燎。

沒有前戲，後戲反過來就格外重要，要不然，幹什麼呢？除非接著再做。從體力上說，雙方都沒有問題，但每一次都是她控制住了，「下次吧，夜裏頭你還有夜班呢。」他們的後戲沒有別的，就是相互打分，兩次加起來，再除以二。他們就把除以二的結果刻在牆面上，牆面寫滿了阿拉伯數字，沒有人知道那是怎樣的一筆糊塗帳。

打了一些日子，他不打了。在打分這個問題上男人總是吃虧的，男人卻有他的硬指標。其實，正是因為這一點，她堅持要打。她說了，在數字化的時代裏，感受是不算數的，一切都要靠數字來說話。

數字的殘酷性終於在那一個午後體現出來了，相當殘酷。原是他和她約好了，下午一點鐘在鼓樓廣場見面，說有好消息要告訴她。沒想到一見面他就蔫了，怎麼問他都不說一句話。回到「家」，他還是不說，幹什麼呢，還是做吧。第一次他就失敗了。她只好捺著性子，等他。第二次他失敗得更快。她笑死了，對他說：「——零加零除以二還是零哦！」她特地從他的抽屜裏找出了一把圓規，一定要替他把這個什麼也不是的圓圈給他完完整整地畫在牆壁上。她一點也沒有留意這一刻他的臉色有多陰沉，他從她的手裏搶過圓規，「呼嚕」一下就扔出了窗外，他的臉鐵青，氣氛頓時就不對了。

因為他的動作太猛，她的手被圓規劃破了，血口子不算深，但到底有三厘米長，嚇人了。這麼長的日子以來，撇開性，他們其實是像兄妹一樣相處的，她在私下裏已經把他看作哥哥了。他這樣翻臉不認人，她的臉上怎麼掛得住。她捂著傷口，血已經出來了，疼得厲害。這時候要哄的當然是她。可她究竟是知道的，一定是她的玩笑傷了他男人的自尊，反過來哄著他了。沒想到他還不領情了，一巴掌就把她推開了，血都濺在了牆上。這一推真的傷了她的心，你是做哥哥的，妹妹都這樣讓著你、哄著你了，你還想怎麼樣吧你！

她再也顧不得傷口了，拿起衣服就穿。她要走，再也不想見到你。都零分了，你還發脾氣！

她的走終於使他冷靜下來了，從她的身後一把抱住了她。他拿起了她的手，他望著她的血，突然就流下了眼淚。他把她的手握在掌心裏，用他的舌頭一遍又一遍地舔。他的表情無比地沮喪，似乎是出血的樣子。她的心軟了，反過來還是心疼他，喊了他一聲「哥」。他最終是用他的蹩腳的領帶幫她裹住傷口的，然後就把她的手捂在了臉上。他在她的掌心裏說：「我是不是真的沒用？我是不是天生就是一個零分的貨？」

「玩笑嘛，你怎麼能拿這個當真呢。我們又不是第一次。」

「我是個沒用的東西。」他口氣堅決地說，「我天生就是一個零分的貨。」

「你好的。」她說，「你知道的，我喜歡你在床上的。」

他笑了，眼淚卻一下子奔湧起來。「我當然知道。我也就是這點能耐了。」他說，「我一點自信心也沒有了，我都快扛不住了。」

她明白了。她其實早就明白了，只是不好問罷了。他一大早就出去面試，「試」是「試」過了，「面子」卻沒有留得下來。

「你呀，你這就不如我了。」她哄著他，「我面試了多少回了？你瞧，我的臉面越『拭』越光亮。」

「不是面試不面試的問題！」他激動起來了，「她怎麼能那樣看我？那個女老闆，她怎麼能那樣看我？就好像我是一堆屎！一泡尿！一個屁！」

她抱住了他。她知道了。她是知道的。為了留在南京，從大三到現在，她遇見過數不清的眼睛。對他們這些人來說，這個世上什麼東西最恐怖？什麼東西最無情？眼睛。有些人的眼睛能扒皮，有些人的眼睛會射精。會射精的眼睛實在是太可怕了，一不小心，它就弄得你一身、一臉，擦換都來不及。目光裏頭的諸種滋味，不是當事人是不能懂得的。

她把他拉到床上去，趴在了他的背脊上，安慰他。她撫摸他的胸，吻他的頭髮，她把他的腦袋撥過來，突然笑了，笑得格外地邪。她盯住他的眼睛，無比俏麗地說：「我就是那個老闆，你就是一攤屎！你能拿我怎麼樣？嗯？你能拿我怎麼樣？」他滿腹的哀傷與絕望就是在這個時候決堤的，成了跋扈的性。他一把就把她反摁在床上，她尖叫一聲，無與倫比的快感傳遍了每一根頭髮。她喊了，奮不顧身。她終於知道了，他是如此這般地棒。

「輕鬆啊，」她躺在了床上，四仰八叉。她用手撫摸著自己的腹部，嘆息說，「這會兒我什麼壓力也沒有了，真輕鬆啊——你呢？」

「是啊，」他望著頭上的樓板，喘息說，「我也輕鬆多了。」

「相信我，哥，」她說，「只要能輕鬆下來，日子就好打發了——我們怎麼都能扛得過去！」

就這樣了。除去她「不方便的日子」，他們一個星期見一次，一次做兩回。他們沒有同居，但是，兩個人卻是越來越親了，偶爾還說說家鄉話什麼的。他倒是動過一次念頭的，想讓她搬過來住，這對她的開銷絕對是個不小的補助。不過，話到了嘴邊他還是沒敢說出來。她的開銷是壓下來了，他的開銷可要往上升，一天有三頓飯呢。他能不能頂得住？萬一扛不下來，再讓人家搬出去，兩個人就再也沒法處了。還是不動了吧，還是老樣子的好。

可他越來越替她擔憂了，她一個人怎麼弄呢。還是住在一起好，一起買買菜，做愛也方便。性真是一個十分奇怪的東西，它是什麼樣的一種藥，怎麼就教人那麼輕鬆的呢。還有一點也是十分奇怪的，做得多了，人就變黏乎了，特別親，就想好好地對待她。可到底怎麼一個「對待」才算好，又說不上來了。不過，他的這麼一點小小的心思在做愛的時候還是體現出來了。最初的時候，剛開始的時候，他是有私心的，一心只想著解決自己的「問題」。現在不同了，他更像一個哥哥，要體貼得多。他對自己盡可能地控制，好讓她更快樂一些。她好了，他也就好了。他就希望她能夠早一點好起來。

秋涼下來之後她回了一趟老家。他其實是想和她一起回去的，一想，不成了。離開戶部街菜場兩個星期，這個崗位是不可能等他的。多少比他壯實的人在盯著他的位置呢。他也就沒有客套，只是在臨走的時候給她買了幾個水果，「路上吃吧。就這麼啃，都洗過了。」

都說「小別勝新婚」。新婚的滋味是怎樣的，他們不知道，然而，「小別」是怎樣的勝境，他和她一起領略了。其實也就隔了兩個星期，可這一隔，不一般了。他在呼風，她能喚雨。好死了。這一次她卻沒有給他打分，她露出了她驕橫的、野蠻的和不管不顧的那一面，反反覆覆地要。後來還是他討饒了，可憐兮兮說：「不能了。還有夜班呢。」

「不管。你是哥，你就得對我好一點。」

那就再好一點吧。他們是下午上床的，到深夜十點她還沒有起床的意思。到後來，他實在「好」不出什麼來了，她就光著身子，躺在他光溜溜的懷裏，不停地說啊說，還用胳膊反過來地勾住他的脖子。兩個人無限地欣喜、無限地纏綿了。她突然「哦」了一聲，想起什麼來了，弓著腰拽過上衣，從上衣的口袋裏面掏出了她的手機。她握住手機，說：「哥，商量個事好不好？」他的雙手托住了她的乳房，下巴擱在她的肩膀上，腦袋一抬，說：「說吧。」她從手機裏調出一張相片，是一個男人，說：「這個人姓趙，單身，年收入大概在十六萬左右。」她劈哩啪啦摁了幾下鍵鈕，又調出了一張相片，卻是另外一個男人，說：「這個呢，姓郝，離過一次，有一個七歲的女兒，年收入在三十萬左右，有房，有車。」介紹完了，她把手機放在自己的大腿上，握住了他的手，她把她的五隻手指全都嵌在了他的指縫裏，慢慢地摩挲，「我就想和你商量商量——你說，哪一個好呢？」

他把手機拿過來，反覆地比較，反覆地看，最終說：「還是姓郝的吧。」她想了想，說：「其實我也是這麼想的。」他說：「還是收入多一些穩當。」她說：「其實我也是這麼想的。」商量的進程是如此地簡單，結論馬上就出來了。她就特別定心、特別疲憊地躺在了他的懷裏，手牽著手，一遍又一遍地摩挲。後來她說：「哥，給我穿衣裳好不好嘛。」撒嬌了。他就光著屁股給她穿好了衣裳，還替她把衣褲上的褶皺都拽了一遍。他想送送她，她說，還是別送了吧，還是趕緊地吃點東西去吧。她說，還有夜班呢。

他就沒送。她走之後他便坐在了床上，點了一根菸，附帶把她掉在床上的頭髮撿起來。這個瘋丫頭，做愛的時候就喜歡晃腦袋，床單上全是她的頭髮。他一根一根地撿，也沒地方放，只好繞在了左手食指的指尖上。抽完菸，掐了菸頭，他就給自己穿。衣服穿好了，他也該下樓吃飯去了。走到過道的時候他突然就覺得左手的食指有點疼，一看，嗨，全是頭髮。他就把頭髮擼了下來，用打火機點著了。人去樓空，可空氣裏全是她。她真香啊。

二〇〇七年第五期《人民文學》

虛構

時光真是一個好東西啊，它會帶走一些，也能留下一些。時光到最後一定是中秋的月光，再捉摸不定，再陰晴圓缺，老天爺總是會安排好的，中秋一到，必定是萬里無雲，月亮升起來了，滿眼清輝，乾坤朗朗。

這個冬天特別地冷，父親在私底下說，要做好春節前「辦事」的準備——父親所說的「事」當然是祖父的喪事。祖父的情況說不上好，可也沒有壞下去的跡象，我不知道父親為什麼這麼悲觀。家裏頭有暖氣，氣溫恆定在攝氏二十一度，再冷的天氣和我的祖父又有什麼關係呢？父親說：「你不懂。」父親的理論很獨特，他認為，氣溫下降到一定的地步一部分老人就得走，這是天理，和屋子裏的溫度沒有一絲一毫的關係。

去年夏天祖父在省城做了直腸癌的切除手術，他的理想是過完上一個春節。春節過去了，他好好的。大年十四那天他更新了他的理想，他在微博上寫道，他要「力爭」再過一個春節。這句話不晦氣，可也算不上多吉利，我們都沒有搭理他。祖父不慌不忙的，拿起了手機，一個一個打電話。沒辦法，我們這些親友團只能一個又一個幫著轉發。我的丈母娘很不高興，直接罵上了門來。她在我的微博下面貼了一句話：「大過年的，神經病！」祖父對我的丈母娘很失望，祖父對我說：「『無知少女』這個人俗。」

祖父是一個看透了生死的人，生和死，風輕雲淡，他無所謂的。但祖父也在意「春節」，這裏頭似乎有一筆巨大的買賣：死在大年初二他就賺，死在大年三十他就虧。也是的，落實到統計上，這裏頭確實有區別，一個是終年「八十九歲」，一個則是享年「九十歲」，很不一樣的。

這個冬季著實冷得厲害。電視裏的美女播報都說了，最低氣溫「創下了三十年來的新低」。這則天氣預報對我們一家來說是致命的，父親不說話了，祖父也不說話了，他們都是相信「天意」的人。——老天爺並沒有「天意」，可處境特別的人就這樣，他們會把極端的天氣理解成「天意」。他們的沉默使我相信，祖父也許放棄了。他覺得不遠處的春節不屬於他。

祖父說：「有點冷，我想到澡堂子泡泡去。」

這個我為難了。以祖父現在的狀況，性命固然是無虞，終究是隨時隨地要走的人，任何一點小小的變動都有可能帶來不測，一頭栽倒在浴池也不是沒有可能。我說：「浴室太滑了，很危險的。」

祖父很驕傲地告訴我：「我也只剩八十來斤了，我孫子抱著我呢。」他撒嬌了。

浴室沒什麼生意。一進浴室我就後悔了。「八十來斤」的身體幾乎就不是身體，說觸目驚心都不為過。祖父赤條條的，他的身體使我相信，他老人家是一張非常特殊的紙，能不能從水裏頭提上來都是一個問題。但是，等我把他緩緩地放進浴池之後，我不再後悔。這一切都是值得的。祖父被浩大的溫水包裹著，張大了嘴巴，他的喉管裏發出了十分奇特的聲音。他在體驗他的大幸福。他滿足啊。可他實在太羸弱了，他的體力已經不能對抗水的浮力。只要我一撒手，他就會漂浮起來。我只能把他摟在懷裏，不讓他旋轉。

老話說得沒錯，人是會返老還童的。人老到一定的地步就會拿自己當孩子。祖父躺在我的懷裏，說：「明天再來。」我說：「好的。」祖父說：「後天還來。」

我說：「好的。」祖父笑了，我看不見，可是我知道，祖父的臉上布滿了毫無目標的笑容。這笑容業已構成了返老還童的硬性標誌。

我和我的祖父一口氣泡了四天，第五天，我特地下了一個早班，祖父卻說，不去了。他用目光示意我坐下，要我承諾，不要把他送到醫院去。祖父說：「就在家裏。」這句話說得很直白了，等於是安排後事了。我答應了祖父，並不難過，因為我的祖父也不難過。的確，祖父在死亡面前表現出來的淡泊不是一般的人可以擁有的，到底是四世同堂的人了。

深夜四點，我被手機叫醒了，是父親打過來的。我一看到父親的號碼就知道了，我的祖父，我們這個小縣城裏最著名的物理老師兼中學校長，他沒了。都沒有來得及悲傷，我即刻叫醒我的女兒，趕緊的，太爺爺沒了。

祖父卻沒有死，好好的。看見我把女兒都帶過來了，祖父有點不高興。因為久病的緣故，他的不高興像疼，也可以說，像忍受疼。祖父說：「這麼冷，你把孩子叫過來做什麼？」我笑笑，「那個什麼，」我說，「不是以為你那個什麼了麼。」祖父說：「還沒到時候呢。」我把女兒安頓到奶奶的床上，回到了祖父的房間。祖父的手在被窩裏動了動，我把手伸進去，在被窩裏頭握住了祖父枯瘦的指頭。祖父神情淡然，看不出任何風吹草動。但他的手指頭在動，是欲言又止的那種動。這一次我真的知道了，祖父的大限不遠了，他要對我交代什麼了。

父親把一切都看在眼裏，退了出去。我們這個家有點意思了，父親一直像多餘的人。父親望著此情此景，明白了，這裏不需要他了。祖父望著父親的背影，很輕地咳嗽了兩聲。我了解我的祖父，祖父的咳嗽大部分不是生理性的，是他想說些什麼，卻不知道怎麼說。

嚴格地說，祖父之所以在我們小縣城如此著名，完全是因為父親，他能當上校長，也是因為父親。做為物理老師的兒子，父親最有機會上大學的，但是，祖父把他的時間全部給了他的學生，那時候祖父正做著班主任呢。他每天上午六點出門，夜裏十一點回家，他把所有的時間和精力都用在了五十七個學生的身上。高考就是這樣，結果很殘酷。因為父親在另外一所中學，父親沒有考上，而祖父的五十七個學生考取了三十一個。在當年，這是一個「放衛星」一般的天文數字，祖父在我們縣城一下子成了傳奇。到了九月，祖父的故事終於傳到省城了，省報派來的記者為祖父寫了一篇很長的文章，整整一個版，還配了祖父的一張標準像。黑體的通欄標題很嚇人的：〈春蠶到死絲方盡〉。

祖父享盡了殊榮。他在享盡殊榮的同時並沒有失去他的冷靜。他冷靜下來了，突然就有了愧疚。就在當年的十月，他建議他的兒子，也就是我的父親，去補習。祖父說，好好地辛苦一年，上不了重點大學還可以上普通高校，上不了普通高校還可以上大專，就算上不了大專，還有中專嘛。祖父是對的，父親資質平平，「考上」總還是可以的。可祖父忽略了一件大事，那就是他兒子的「感受」。〈春蠶到死絲方盡〉是一隻無堅不摧的拳頭，它把父親擊倒了，附帶著還把父親的自信心給砸爛了。是的，祖父之所以具備如此巨大的「新聞價值」，說到底就因為他的兒子：「三十一個」都考上了，他的兒子卻「沒有考上」。好麼，全省都知道了，全中國都知道了。父親望著報紙，像一堆爛掉的韭菜，軟塌塌的，渾身散發出混濁的穢氣。父親拒絕了「春蠶」的建議，他盯著自己的腳尖，告訴「春蠶」：

「你忙你的去吧。」

父親其實是賭氣。自卑的人就喜歡一件事，賭氣。可父親找錯了賭氣的對象，他怎麼可以和我的祖父賭氣呢。新生都開學了，祖父上午六點就要上班，晚上十一點才能下班，他哪裏還有心思和你玩如此低級的心理遊戲。他們的冷戰持續了三四個月，其實，所謂的冷戰是不存在的，那只是父親一個人的戰爭，也可以說，父親一個人的遊戲。

父親也不是省油的燈，他模仿祖父的筆跡給教育局的局長寫了一封信，要求局長在縣文教局給自己的兒子安排一份工作。口吻是謙卑的，卻更是狷介的，有強制的意味，酷似祖父。父親多慮了，他哪裏需要模仿祖父的筆跡呢？不需要的，局長根本不認識祖父的筆跡。但那時的祖父是整個縣城最大的明星，明星就是這樣，時刻伴隨著傳聞。社會上已經有這樣兩種說法了：一，祖父「很可能」去「省裏」；二，「也有可能」做「分管文教衛」的副縣長。局長直接找到了我的父親，幾乎是用巴結的態度把事情辦了。他收藏了祖父的親筆信，說不定哪一天就用得著的。父親就這樣進了縣教育局，在那張淡黃色的椅子上一直坐到退休。

父親是祖父一輩子的痛。這是一塊腫瘤，硬硬的，始終長在祖父的體內。我知道這塊腫瘤還是在我接到大學錄取通知的那個家宴上，因為興奮，祖父過量了。就在我伺候他嘔吐的時候，他拉過我的手，第一次在我的面前流下了眼淚。他跪在馬桶的前沿，一口一個「對不起」。我費了好大的力氣才弄明白，祖父搞錯了，祖父把他的孫子當作他的兒子了。祖父很少喝醉，但是，只要喝醉了，他都要來一次規定動作：跪在馬桶的前沿，對他的馬桶一口一個「對不起」。嘔吐出來的「對不起」毀掉了這一對父子，在未來的幾十年裏，我的祖父和我的父親幾乎就沒有對視過，也說話，卻不看對方的眼睛，各說各的。他們都不像在對人說話，而是在對著另一個「東西」自言自語。說完了，「東西」就「不是東西」了。

但酒醉之後的祖父說得最多的依然不是父親，而是一屆又一屆的高材生。祖父有他的癖好，往好處說，愛才；往壞處說，他的眼睛裏其實沒有人，只有高智商。他酷愛高智商。一旦遇上高智商，不管你是誰，他的血管就陡增激情，奔湧起宗教般的癲狂和宗教般的犧牲精神，狂熱、執著，最要命的是，還沉著，更持久。他要布道，上午六點出門，晚上十一點回來。

酩酊大醉的祖父摟著他的馬桶開始報人名。這些人名都是他當年的心肝寶貝。人名的後面則是長長的單位與職務，我不可能記住的。祖父卻記得清清楚楚，涉及面極廣，諸如世界名牌大學、國家機關、公司名稱、榮譽機構，與之匹配的自然是院士、教授、研究員、副省長、副縣長、辦公室主任、董事長或總經理。也有記不住的時候，他在記憶阻塞之前往往要做一次深呼吸，隨後，一聲長嘆。這一聲長嘆比馬桶的下水道還要深不可測，幽暗，四通八達。

父親退出去了，我握住了祖父的手。我知道我和祖父之間會有這樣的一次對話，也知道祖父會對我說些什麼。無論祖父怎樣看淡他的生死，我的父親終究是他一生的痛，祖父是個好祖父，但祖父卻不是好父親。祖父的歉疚難以釋懷。老實說，我懼怕這次對話。——沉痛之餘，我又能對我的祖父說些什麼呢？父親的一生被祖父的榮耀毀了，這是一個不爭的事實。我多麼希望我是一個牧師。

祖父安安靜靜的，但是，這安靜是假象，他老人家一直想說什麼，他的表情在哪兒呢，可他就是不說。想過來想過去，只能是我開口了。我輕聲說：「爺爺，如果你走了，真的是壽終正寢。這年頭可以壽終正寢的人不多了，你很享受的吧？」祖父笑了笑，同樣輕聲地說：「很享受。」

我說：「我也很享受，很享受這會兒還能和爺爺聊聊天。——你想啊，這個世界上絕大多數的人都是帶著心思走的，你呢，什麼心思都沒有，了無牽掛。你滿有福的。」

祖父沉默了半天，說：「我有福。但心思還是有的。」

我立即接過祖父的話，說：「嗨，不是就爸爸那點事嘛。那一代人不上大學的多了，他這一輩子也挺好的，多少年了，爺爺，這不算事。」

祖父說：「這件事吧，我有責任。我呢，痛苦了很長時間。突然有那麼一天，我釋懷了。我早就不再為這件事苦惱了。」

祖父的這番話出乎我的意料。我的胸口頓時就鬆了一下。我笑了，問：「爺爺能不能告訴我，是哪一天釋懷的？」

祖父說：「你爸爸退休的那一天。都退休了，嗨，任何人都他媽的一樣。」

祖父都俏皮了，都出粗口了，看起來真的是釋懷了。我長長地舒了一口氣，沒有比這更好的結局了。祖父不再談父親的事，我反而有些始料不及，眼淚突然湧上我的眼眶。我一直忍受著疼，這疼卻自動消炎了、消腫了，很讓我舒服的。我再也沒有想到如此可怕的對話居然是這樣地感人至深。我只能說，我還是太年輕、太狹隘了。小人之心不可取。一代人有一代人的恩怨，一代人有一代人處理恩怨的方式。時光真是一個好東西啊，它會帶走一些，也能留下一些。時光到最後一定是中秋的月光，再捉摸不定，再陰晴圓缺，老天爺總是會安排好的，中秋一到，必定是萬里無雲，月亮升起來了，滿眼清輝，乾坤朗朗。

我說：「爺爺，你知道我為什麼這樣愛你？」

祖父像孩子一樣笑了，說：「隔代疼嘛。我愛你，你就愛我。你爸爸吃過醋呢。」

我搖搖頭，說：「不是。爺爺偉大。君子坦蕩蕩。爺爺就是君子。你走了，我會想念你，但是，爺爺不讓做兒孫的痛苦，爺爺不讓做兒孫的糾結，爺爺萬歲。」

祖父真的高興了。祖父說：「爺爺做了三十五年的教師，三十二年的班主任，九年十個月的教導主任，六年八個月的副校長，兩年半的校長，拍爺爺馬屁的人多得很呢。——還是我孫子的這個馬屁讓爺爺舒坦。」

我拍拍祖父乾癟的腮幫子：說：「孫子的馬屁高級吧？」

祖父說：「高級。你哪方面都比你爸爸強。」

我在被窩裏抽出手，說：「爺爺，孫子明天接著拍。——你看，天都亮了，孫子還要上班呢。」

祖父的手是無力的，但是，祖父無力的指頭再一次抓住我的手了。因為發力，都顫抖了。他不再微笑。他的臉上有了苦楚的神色。

「疼麼？」我說。

祖父搖了搖頭。祖父補充說：「不是。」

祖父有話要說，是欲言又止的樣子，是羞於啟齒的樣子。

「是不是欠了誰的錢？」我說，「有我呢。」

祖父閉上了眼睛，搖頭。他的眉頭擰起來了，眉毛很長，眉頭與眉頭之間全是多餘的皮。

事態突然就嚴重起來了。雖然很睏，但是，我還是集中起注意力，仔細地設想各種各樣的可能性。我只能往壞處想，祖父是不是做了什麼特別虧心的事了？我試探著說：「是不是欠了誰的人情？」

祖父依然是搖頭。我的話沒能說到祖父的心坎上，祖父很失望，越發淒涼了。我必須把話挑明了。我說：「爺爺，你知道的，你不能讓我猜。我到哪裏猜呢。你也不虧欠誰，你還有什麼說不出口的呢？」

祖父睜開眼睛，望著我。祖父似乎是鼓足了勇氣：「——你說，」祖父說，「你說我能得到多少個花圈呢？」

嗨，——嗨！這算什麼事呢。這不是事。多少個花圈都不是事。

我說：「你想要多少個花圈？」

祖父沒有給我答覆。他老人家再一次把眼睛閉上了。因為太瘦了，他閉上眼睛之後有了遺容的跡象。但是，爺爺的呼吸是急促的。他有心思，他憂心忡忡。

祖父十分淒涼地憋了半天，他輕聲地卻又是清晰地說：「當年榮校長是一百八十二個。我數過兩遍。」

我想讓說話的語氣變得輕鬆一點，特地挑選了嘻哈的語氣：「你想要多少個就有多少個。」

「不能作假。」祖父依舊閉著他的眼睛，神情詭異，語氣是中學教師所特有的，刻板，嚴厲，「死是一件嚴肅的事。不能作假。」

祖父終於耗盡了他的體力，他的手放在我的手背上，但已經無力握住我的手了。

——榮校長的音容笑貌我記不住了，我見過他麼？我沒有把握。想必還是見過的。那時候祖父喜歡把我帶到他的學校裏去。我對「榮爺爺」的葬禮至今還有一個模糊的印象：整個縣中都白花花的，洋溢著盛大和隆重的氣氛。那是一九八二年的春天，五十七歲的榮校長在給補習班的同學上歷史課，就在下課鈴響的時候，歷史終結了，他倒了下去。那可是八〇年代初期的小縣城哪，絕大部分葬禮只有十來個花圈，一百八十二，說「鋪天蓋地」一點都不過分。就是在那一刻，我對死亡有了一個初步的認識，它是一件了不起的大事，又體面又莊嚴。那一天的祖父穿著他的第一身西服，領著我，在縣中的花圈之間不停地徘徊，回過頭來看，祖父其實在數，一直在數。然後，校對。在確定無誤之後，祖父把「二百八十二」這個天文數字記在了他的腦海，同時，接過了榮校長遺留下來的職務。「二百八十二」這組莫名其妙的數字就此成了祖父的夢，成了祖父關於死亡的理想和標尺，歲歲年年都在縈繞。

「知道了。」我對我的祖父說，「你放心。」

事實上，當我說：「知道了」、「你放心」的時候，我一定是睏乏了。我是敷衍的。我「知道」什麼了？我做什麼才能讓他老人家「放心」呢？在許多時候，生命的確是一個特別詭異的東西，讓人很無奈。我的祖父哪怕再清醒一天也好哇，我們還可以再商量商量。就在我說：「知道了」、「你放心」的第二天中午，祖父說不行就不行了。他進入了彌留。他在彌留之前似乎經歷了一場大醉，他說了一大堆的人名，人名的後面還附上了長長的單位和職務。祖父躺在那裏，彷彿主持一場虛擬的、盛大的會議，他在一個一個地介紹與會代表。祖父甚至都沒有來得及唸完那個長長的名單，他的歷史也終結了。沒有會場，沒有麥克風，沒有多餘的人，有的只是一張床，還有他老人家瘦而小的彌留。

嚴峻的問題就此擺在了我的面前——祖父的真實意圖究竟是什麼？——關於花圈，他是渴望超過一百八十二個呢還是等於一百八十二個？還是有幾個算幾個？最為關鍵的是——我到底能不能「作假」？

有一點我可以肯定，祖父賦閒多年了，以祖父實際的影響力，如果親友團不出面、不「組織」，簡言之，不「作假」，他無論如何也湊不齊一百八十二個花圈。他又不是在崗位上轟轟烈烈地倒下去的。再說了，這年頭早就不是一九八二年了。再再說了，這是什麼時候？所有人都歡天喜地過春節去了。

死亡不再是問題，死亡周邊的紙質花朵卻成了一個問題。我快瘋了。我的願望宛如兩句詩：忽如一夜春風來，千樹萬樹梨花開。

祖父還活著，他在呼吸。而我的心思早已集中在「兩句詩」上了。我得讓我親愛的祖父在天堂裏高興。到底怎樣做才能讓他高興呢？我得問問我的父親。他在曬太陽。我來到了陽台上，給了父親一根香菸，我給他點上了。藉著吐菸的工夫，我說：「爸，你估計爺爺能得到多少個花圈？」這個縣教育局的退休會計甚至都沒有看我一眼，顯然，他不關心這個。這個老實人只是說了一句老實話：「誰會數這個，又不要做帳。」

我的祖父、我們縣裏最著名的物理老師兼中學校長，他死在了小年二十六。這一天特別特別地冷。我第二次轉發了祖父的最後一條微博，同時向這個世界通報了祖父仙逝的消息。從時間上看，祖父的最後一條微博是在我們長談之前留下的，他睡不著，所以把我叫過來了。祖父在微博裏極為灑脫：「也許是最後一條了。心緒太平。桃李滿天下。來吧，無恨、無悔、無怨、無憾。」下面有十二條留言，有十一條是誇他的。也有一條態度不明，這個態度不明的人是「無知少女」，她用不鹹不淡的口吻告訴我的祖父：好好過年吧。

祖父總共有一一三九個粉。

就在我轉發祖父的微博的時候，我的心顫了一下。祖父並不是我知道的那樣淡定。

祖父選擇的時機很不對，他老人家留給我們的時間太倜促了。在這樣的時刻，願意前來參加葬禮的人算是給了天大的臉面。老實說，我不關心葬禮的人數，我唯一關心的是花圈的數量。但花圈的數量讓我揪心，不用數的，別說「鋪天蓋地」了，幾乎構不成一個體面的葬禮。

前些日子我還在糾結，到底要不要「作假」。「作假」是容易的，簡單地說，像傳銷那樣，動用我的「親友團」再發動他們的「親友團」。現在看來我的擔憂荒謬了，無論我怎樣組織，那也是無濟於事的。我突然就覺得我祖父白疼了一場，這讓我揪心。我「知道」個屁！我「放心」個屁！全他媽的吹牛。

女兒問我：「爸，怎麼搞的，怎麼就這麼幾個花圈？」

我取出錢包，來到了殯儀館的花圈出租處，要來紙，要來筆，要來墨。我努力回憶祖父酩酊大醉的那些夜晚，那些人名我不可能記得住，那些單位和職務我同樣不可能記得住，但意思無非是這樣的——

劍橋大學東方語言學中心副主任　羅紹林　遙寄哀思

斯坦福大學高能研究所研究員　茅開民　遙寄哀思

清華大學化學系教授　儲　陽　遙寄哀思

清華大學KGR課題首席教授　石見鋒　遙寄哀思

北京大學再教育學院副院長　馬永昌　遙寄哀思

北京北部非洲問題課題組組長　朱　亮　遙寄哀思

新疆煤炭開發院地質調研院院長　王榮輝　遙寄哀思

南沙科考站負責人　柳仲莨　遙寄哀思

廣州外貿外語大學葡語系教授　施　放　遙寄哀思

甘肅省發改委金融處處長　高群興　遙寄哀思

寧夏回族自治區水資源辦公室主任　于　芬　遙寄哀思

山西林業大學副校長　趙勉勤　遙寄哀思

江西井崗山精神辦公室主任　李　浩　遙寄哀思

重慶城管突擊隊副大隊長　王有山　遙寄哀思
南京消防器業股份董事長　安如秋　遙寄哀思
中凱實業總經理　白加雄　遙寄哀思
……
……
……

我一口氣寫了兩個多小時，沒有眼淚，沒有悲傷。我並沒有數，我不想知道具體的數據，數字永遠是有害的。做為祖父的孫子和祖父的遺囑執行人，我盡力了就好。我再也沒有去看那些花圈，我不知道如何面對那一大堆陌生的姓名、陌生的單位和陌生的職務。這反而是神奇的。一個GAME。奧林匹克精神說得好哇：貴在參與。世界就在這裏了，我親愛的祖父，你桃李滿天下——這從來就不是一件虛構的事。

父親沒有給祖父送花圈。他站在祖父的遺體旁邊，一動不動。從表情上看，沒有人知道他為什麼要站在這裏——說送葬是可以的，說排隊買電影票也可以。

沒送花圈，父親卻親手為祖父寫了一道輓聯，是現成的句子——

春蠶到死絲方盡

蠟炬成灰淚始乾

父親沒有瞻仰祖父的遺容，在整個葬禮上，父親一直在看他的字，主要是下聯。他的眼裏確實沒有淚，卻特別亮，像洞穿。

二〇一三年第一期《人民文學》

畢飛宇作品集 10

相愛的日子

國家圖書館出版品預行編目 (CIP) 資料

相愛的日子／畢飛宇作 . -- 初版 . -- 台北市 : 九歌 , 2018.12
面； 公分 . -- (畢飛宇作品集 ; 10)
ISBN 978-986-450-224-0(平裝)
857.63 107019757

作　　者——畢飛宇
責任編輯——陳淑姬
創 辦 人——蔡文甫
發 行 人——蔡澤玉
出　　版——九歌出版社有限公司
台北市 105 八德路 3 段 12 巷 57 弄 40 號
電話／02-25776564・傳真／02-25789205
郵政劃撥／0112295-1

九歌文學網 www.chiuko.com.tw

印　　刷——晨捷印製股份有限公司
法律顧問——龍躍天律師 ・ 蕭雄淋律師 ・ 董安丹律師
初　　版——2018 年 12 月
定　　價——260 元
書　　號——0111410
I S B N——978-986-450-224-0 （平裝）